……顯示更多

李律

目錄

輯四：我一點也不想去火星

輯五：愛是唯一的魔法

推薦序——

明顯感受這波大浪正逐漸衝向浪頭

廖玉蕙 語文教育學者暨散文作家

再也沒有比《顯示更多》的書名更適合這本書的了。這句臉書常用語，道盡了李律ＦＢ貼文的特色。在這個以「輕薄短小」為主流時尚的年代，李律的文章似乎顯得老派，不合時宜；但你若有足夠的耐心顛覆速食的習慣，就會如倒吃甘蔗，文章顯示更多，你就享受更多，學會欣賞更縝密的思考。而事實也證明，他的貼文常常引發共鳴，不但按讚數多，分享者也經常上看萬人。

我是臉書的重度使用者，長年在臉書上ＰＯ文，也流連、觀測風向。有一次不經意間看到李律的文章，似乎是在性平議題論戰中，他寫了篇落落長的文章，引起我的注意，我還將它轉引到我的版面來，平常我是鮮少分享他人作品的。

在一次家人閒聊中，我和兒子提起，在臉書上發現一位名叫「李律」的，頗有些見解。兒子笑著說：「李律？就是我高中同學李律鋒啊！他是很有些看法。」李律鋒？是那個綽號叫「內褲」的李律鋒！和兒子同時考上政大傳播學院的那位？

兒子在成功高中就學時，交往一批有著奇怪綽號的同學。每回打電話來，劈頭就自爆家門：「蔡媽媽，我是淫獸。」「蔡媽媽，我是坦克。」「蔡媽媽，我是內褲。」……李律原來就是那位留著可愛中分頭的青澀小子。我想起自己小時候，對「猴子」的綽號深惡痛絕，回家總哭到媽媽心煩地拿棍子出來伺候。所以，特別覺得後生晚輩如此堅強、大器，居然能大方地把被取奇怪綽號視為雙方親密的表現。

從那之後，我對李律的臉書就格外留心，常常過去看看。他談音樂、談歷史、寫世代隔閡；也跟我一樣關心社會議題，不管是性別、年金改革或課綱調整、流浪博士、不適任教授等教育議題，都有成熟的思考和深刻的體會。例如：二〇一八年十一月，同志婚姻付諸公投前夕，他寫了一篇題為〈滎陽生〉的文章，拿唐代小說《李娃傳》裡的一小段父子親情，來論述傳統親情中的威權與同婚議題受阻的同質性。一般談論《李娃傳》多半會側重滎陽生成為火坑孝子的荒唐，名妓李娃先前的殘忍剝削及其後因不忍滎陽生受害於自己，導致淪落街頭行乞，於是百般補過，一手打造了滎陽生的及第工程；若再往深刻處走，也許會談到妓女與書生的階級隔閡，唐代的不同階級聯姻在《唐律》中是不被允許的，甚至得接受法律的制裁。所以，如果依照當時的法律，在現實中，李娃是不可能受封為汧國夫人的。

但李律不管這些，他將眼光聚焦在滎陽生散盡家財，淪為凶肆（今之葬儀社）輓歌手，居然被路過的父親差人將他打得半死這部分，李律且綰合他個人的親子關係，闡述傳統親情總是從責任出發，只負責將孩子培養成當初預設的品質目標，同性婚姻之所以受阻，是父母從來就忽視孩子的愛與感受，甚至殘忍如蔡明亮電影《河流》中同性戀父親賞了同性戀兒子一巴掌所顯示的：就算我是同性戀，你也不准是同性戀。這樣的切入點是相當新鮮而且切中要害的。

又譬如反課綱微調事件時，他寫了一篇〈寄居在語言裡的幽靈〉，是針對張茂桂教授專業參與的實質面分析的呼應，他從成長過程敘起，從啟蒙、教育、生活一直談到課綱微調的細節；有心情、有感慨、有反省，也有知識，很能打動人心；而短文敘寫父母的篇章，感覺筆下若有憾焉，總讓我心生不捨。

看到李律的文章，不由得想起一段往事。上大學時，我住外雙溪東吳宿舍，常就近到芝山岩一位就讀台中女中初中部時的賴姓好友家裡。她父親任教師大，也是考試委員。賴伯伯書房中滿室書香，讓人既景仰又羨慕；但每回遇到賴伯伯，他總是照面點頭後，便上樓進書房去，從不曾和我們談過話。賴伯伯想必視我們如不曉事的少女，只宜和她女兒躲在閨房內密語調笑，而當時也的確是這樣。

直到大學畢業，我開始寫作，也在大學任教。某一天，在東吳邂逅久違的賴媽媽也在東吳教日文。我開車順道護送賴媽媽回芝山岩舊居，雖然朋友已然出嫁，我還是下車進去坐坐。畢生鑽研教育的賴伯伯膝上覆蓋著電毯，端坐一旁，居然慈藹地問起我對目前台灣教育的觀察。我受寵若驚，敬謹回覆。賴伯伯時而陷入沉思，時而提出卓見，我忽然感到十分的激動，只為自己已然能和我素所敬仰的長輩平起平坐地討論。

而如今，我已從職場上退休，李律也如我當年一般，從「內褲」的綽號中逐漸蛻變成和老人家相互論道的臉友了。長江後浪推前浪，我甚至明顯感受這波大浪正逐漸衝向浪頭，而我已從傳道、授業、解惑的教授職，退居李律鋒口中的「蔡媽媽」。

蔡媽媽有惑待解。「你們為什麼叫他『內褲』？」兒子搔搔頭說：「是喲！我也忘記了。」

推薦序——

夏夜遇見一棵夏樹

陳文玲
政大廣告系教授

九月某夜，我上完課，在潮州街口等236，巧遇剛下車的阿律，穿著淺黃色薄棉衫和合身窄褲。「你怎麼在這？」我問。「我住這附近。」他笑答，眼睛亮亮的。阿律堅持陪我等車，上車之前，我們擁抱，一切如此堅實美好。

幸好認識夠久，知道阿律並非總是如此堅實美好。印象裡，自從我在政大教書，阿律就一直在政大讀書、上學、教書跟上班了（實情並非如此，我的年資畢竟還是久些）。過去十年，我們最常見面的地方，就是書裡每每提到、位於政大藝文中心三樓的創意實驗室。

在創意實驗室當老師的阿律，穿著各色薄棉衫和合身窄褲，天冷時還會繫條花花大圍巾，當他開口說話，一顆一顆魔法星星接連著亮起，冷知識和熱情感如兩條溪流交錯纏繞我們所在的木頭地板教室，本來蜷曲著滑手機的大學生，聽著聽著，會陸續挺直身、抬起頭，這裡冒出一點芽、那裡冒出一枝蕊，這種時刻，阿律的模樣，根本就是繪本裡的小王子，無論在哪個版本裡，小王子都永遠青春，以至於學生一個一個離開，留在教室裡的少年阿律卻彷彿凍結了。

有時，我跟阿律約在創意實驗室的「吧檯」見面。這個吧檯，是個ㄇ字型的簡易廚房，創意實驗室規劃之初，學生的第一個願望，就是有個可以煮飯、泡茶、洗碗跟訴苦的空間。不管是阿律約我，還是我約他，我通常早到，坐定之後，等著他像隻老獸遲緩艱困地爬上我左邊的吧椅，把因為現實所苦的那顆大頭緩緩垂放在吧檯的桌面上。通常我們從夢開始聊，有次他說，夢見自己養了兩隻貓，其中一隻死掉了……另外一次他說，夢裡，他忘了自己還有一隻貓，所以忘了餵貓……聊著聊著，十年過去了，阿律的博士論文從墜落到卡住，愛情從論及婚嫁到分手，找份教職有如鬼打牆，我們兩人的父親在這段時間臥床，後來，我們兩人的父親都相繼離世。這個沉重、拖遲和蹣跚的阿律，也是我所熟悉的。雖然我從未見過阿律的父親，但回頭看，我極可能在吧檯遇見了老後的獅王阿斯蘭（Aslan），以及，這十年，阿律內在的納尼亞王國正值寒冬。

長年目睹阿律的兩面，也知道他表與裡兩股能量的拉扯與日俱增，我起初擔心，但因為無能為力，導致後來變得煩躁，開始有意無意地躲著他。今天春天，聽說他下定決心離開政大，我有一點點愧疚，但也感覺到一絲絲的爽，那個爽，來自阿律終於願意把自己踢出去了！沒有人喜歡千年寒冰，但說實話，萬年青也綠得很單調。

再見面時，嚇一大跳，半年之後，九月某夜，我上完課，在潮州街口等236，巧遇剛下車的阿律，穿著淺黃色薄棉衫和合身窄褲。「你看起來完全不一樣，發生了什麼？」我說。「不知道誒！」他笑答，眼睛亮亮的：「我現在過得很好，在交大開課，啊，對了！最近有好幾個書寫跟出版的計畫。」上車之前，我們擁抱，阿律的雙臂比小王子有力、比阿斯蘭輕盈，這次，春風少年抽高了，冬雪老王也退位了，我在夏夜遇見一棵夏樹，季節終於對上了。

究竟是什麼，讓阿律從內在對立的衝撞裡逼出了第三個可能？翻開阿律的書，覺得也許就是他決心「跟所有科技發展的趨勢逆著對幹」，做了一件「這個速食的時代非常不切實際又過時的事」，寫出一篇又一篇的臉書長文，這些文長到我曾經開玩笑地留言：「我按讚，因為這篇很短。」然而，像阿律這樣的八〇後世代，要發展來回辯證的觀點，找回梳理、論理的能力，細數所有「可是我偏偏不喜歡」送給這個多數決的世界，反科技的長文是最適合的形式，反長文的臉書則是最適切的挑戰。

阿律在〈40/2300〉提到，「我們生活的這個世界，基本上挺擁擠的。」可現在世界又要多出一本實體書了，長文之於實體書並不罕見，我不禁好奇，當這本書置於架上，或者拿在手裡，會創造出何種不同於臉書的閱讀體驗？這題，就等秋天到了再作答吧。

推薦序—— 寫一道孤獨的證明題

吳曉樂 作家

李律發文很長，他曾在我的臉書頁面底下留言幾次，也很長。長文已屬罕見，更珍稀的是，我時常能在李律的文字間感受到一股別無他求、孩子似的真誠，彷彿巧遇了一枚很美的大圓月，迫不及待想來說給你聽。張愛玲說過，愛就是不問值不值得，李律談一輪明月，大抵也是同一件事，他學識淵博，時常信手徵引，把幾項看似毫無關聯的元件，以有機的形式組織起來，創造出一幅疊套著另一幅的連環畫，在人人試著以簡短篇幅來兌換點閱的時代，他逆勢而為，常見數千字的發揮，每次讀完，心中會朦朧升起，兒時初次閱讀沒附注音符號的書籍，那無以名之的快樂；也許對困難之事懷藏野心本身就令人快樂，更傲嬌的理解是：「如果我想要瞭解的，是潦草數語就能道盡的，那我就不要了。」

李律將台灣這幾十年的大事件、物質基礎的變遷、制度的更易與人類的複雜心性，做了精緻的耦合跟連動，如此「硬」的題材，他以老派文青的浪漫為基調，勻和出適宜入口的風味，我尤其喜歡他寫自己當初在誠品擔任大夜班，見證了誠品這個龐大的組織是如何鑲嵌入台灣社會脈搏的過程，有動人的私情，也有真金白銀的學術底氣。而〈帶著博士去流浪〉一輯，我簡直想列入「一零八課綱文選」（抱歉，並沒有此文選），過往被填鴨、強調速成的教養過程，讓台灣的人力始終難以在學術與產業做出重大突破，多數時刻只能承繼他人的創新，揀些枝節的代工事項，有鑑於此，培養個人觀點、讓學識真正為自己所用，成了教育改革的要務。然而，我們從不時興、更不鼓勵個人向內省視，「認識自己」成了侈談，遑論後續的表達與呈現。轉型的陣痛也許會瀰漫教育界很長一段時日。此際，我認為李律特殊的求學、謀職經驗，讓他對於台灣的教育現場，生出了深層且秀異的關懷，我希望各位讀者千萬別錯過他做為搭橋者的可貴角色。

跟我認識的多數知識分子有違，李律很少提及自己的學術生涯，一次讀到《聯合報》所製作的「土博士」專題，赫見其中一位受訪者正是李律，我忽然懂了幾分，是什麼在支撐著他的書寫。我自法律系畢業不久，卻對律師、司法官國考毫無幹勁的日子，也終日惶恐、無所適從？在網路上寫字成了慰藉，彷彿在寫一道孤獨的證明題，讀者們的回饋則陪伴我一步步推導至原本的命題：「我的學養沒有不見，只是沒有成為適宜考試的形狀」，我猜《顯示更多》也是李律的證明題，而他的命題是什麼，我把詮釋的空間，交給各位讀者。

要我來說，此書最大亮點莫過於李律幾乎是為各位展演了媲美「忒修斯之船」的思辨過程：他逐步更易自己的觀點、思考的蹊徑，直至他身上幾乎沒有一個念頭與原先的念頭完全一樣。《顯示更多》可以視為一個體，把自己從社會框架逐日贖回，並以一嶄新自我重新與社會互動、甚而討價還價的過程。如此風景近年並不罕見：少數者、另類者、邊陲者、格格不入者，占領主席台，對著麥克風，喊出自己的存在。容我提醒，歷史上多數吾人所記憶、傳頌的宣言，初初都是來自非主流對於主流的反抗與覬覦和磨刀霍霍。

最後，私人感情上，我想跟李律說的是，同為清貧家庭的小孩，書中「貧困的童年導致腦部的抽象世界以驚人的速度開展」，這句話是真的，動物森友會的行銷台詞「因為什麼都沒有，所以什麼都做得到」也是真的，這並非自欺欺人的迂腐正念，而是我在見證過許多孩子的行程表，給財力雄厚的長輩規劃得水泄不通，他們甚至找不到一隅置放個人的喘息與沉澱，這才後知後覺，我那資源寡少，得一一伸手去指，為所見事物命名的童年，何嘗不是一個美麗新世界。這一回也請你穿越平流層的孤獨，與我擊掌吧。

推薦序——

嚮導者

陳曉唯 作家

朋友的孩子畫了一幅畫，畫裡面父母親兩人躺在沙發上，百無聊賴地滑著手機，而沙發旁有黑與白的兩隻小狗，小狗手上捧著書本閱讀著，當中黑色的小狗張開口讀著書裡的故事給躺在沙發上的人類聽。看到這幅畫，禁不住問孩子：「為什麼是小狗讀故事給你爸媽聽呢？」孩子笑答：「因為爸爸媽媽自己都不看書卻一直叫我們看書，家裡面的書除了我會看，大概只剩小狗了。」

這圖片除了有趣地映照孩子眼中看見的現實世界，同時亦延伸出現代社會裡經常被討論的課題：不知道從何時開始，人們逐漸譴責起社群網絡的存在，最常被詬病的是大家不再「閱讀」了，或者不再閱讀「長文」了，更甚者，亦有人說現今世代的人習慣簡短且無負擔的存在，喜歡閱讀簡單而輕淺的內容，連與人溝通談話也變得淺薄而匱乏。

事實真是如此嗎？是否存有一個精確的統計數據得以證明這些說法？或者這

僅僅只是一種片面的解讀？

或許人們不是不再閱讀了，而是閱讀的媒介與內容轉變了，人們不再紙本閱讀，不再閱讀特定的、於過去被認定是文章的文字，但他們是閱讀的，只是無法輕易地從紙本銷售量或特定的篇章反應中看見他們閱讀的軌跡；相似的，或許人們不是不再溝通了，而是溝通方式與媒介更動了，人們傾向更巨大形式的溝通，面對更廣大的群眾，例如使用自媒體；或者人們傾向更私密的溝通，一對一且親密的，不涉第三者的對話，例如通訊軟體。然而，無論何者，人們並未放棄閱讀與溝通，而是無法輕易地再用過去熟知的方式來安放這些變動中的事物，從而使某些人惶惶不安，同時提出了反抗與辯駁，統合歸咎於人們不再閱讀與溝通了。

張愛玲於〈自己的文章〉一文中曾言：「這時代，舊的東西在崩壞，新的在滋長中。但在時代的高潮來到之前，斬釘截鐵的事物不過是例外。人們只是感覺日常的一切都有點兒不對，不對到恐怖的程度。人是生活於一個時代裡的，可是這時代卻在影子似地沉沒下去，人覺得自己是被拋棄了。為要證明自己的存在，抓住一點真實的，最基本的東西，不能不求助於古老的記憶，人類在一切時代之中生活過的記憶，這比瞭望將來要更明晰、親切。於是他對於周圍的現實發生了一種奇異的感覺，疑心這是個荒唐的、古代的世界，陰暗而明亮的。回憶與現實之間時時發現尷尬的不和諧，因而產生了鄭重而輕微的騷動，認真而未有名目的鬥爭。」

時代永遠更動著，方位永遠移轉著，人們始終在尋找一個更接近自我的方式來面對自己。若每一個時代都曾如狄更斯那早已是陳腔濫調的名言：「這是最好的時代，這是最壞的時代。」一個時代的演進，必定是好壞共與的，人無法只擁有某個部分，甚至無法輕言捨棄某個部分，而在尚未進入下一個時代之前，人無法斷言現處的世代中所存在的事物，於己或於時代而言，哪一些是更好或更壞的，面對閱讀與溝通時亦然。

書寫者在任何一個時代的沿革與進程之中，唯能做的即是書寫，或者更明確地說，書寫者必須嘗試各種書寫的可能性，當面對閱讀與溝通的變革，書寫者或敘事者要如何更堅定書寫與溝通的力量，並且從中尋找新的力量，使之能定位自己，使他者能從你的定位中理解你，這才是因應時代變革最重要的關鍵。

李律這部作品所做的即是如此，他嘗試書寫這些尋找自我與他者，劃分經緯定位的關鍵。

他透過對自我與日常的書寫，書寫自身的經驗與生活，書寫對於人事物的反思，書寫時代裡，自身與他者之間的連結或斷裂，書寫世代與世界的某個角落，書寫真實，更書寫虛構，從而覓得更多書寫與溝通的可能性，這些尋找的過程同時亦觸發了他者，他對日常的爬梳，誘發他者對他筆下人事物的好奇，引來緩和卻直指內心的共鳴，使人點下這時代裡難能可貴的「顯示更多」。

閱讀與溝通許多時候是一種反思的方式，我們透過閱讀他者的文字，聆聽他者的故事，進而觸動內在與記憶，連結經驗與感受，重新整理、解析自己。當閱讀或聆聽到共感強烈的文字與故事時，這樣的觸動與重整就更為深刻，書寫者與敘述者在當中扮演了極其重要的角色。

閱讀他者的能力，其實是一種聆聽自我的能力，我們透過閱讀他者，傾聽他者，找到一種可能的路徑通往自己的內在，閱讀自己，傾聽自己，最終定位自己，理解自己，釐清自己。

李律的作品裡隱含著這樣的力量，他經常自嘲喜歡寫作長文，而這個年代的人缺乏閱讀的耐性，卻仍願意點開這些文字繼續閱讀，只因這些文字並不僅只是文字，不僅只是故事，而是一條道路，他則是溫柔迷人的嚮導者，他使文字敘述成為一種媒介，建構出一種使閱讀者能閱讀他者的能力，而這些文字亦是一種可能的路徑，引導閱讀這些文字的人能夠一步步地走向自己的內在，或者從廣闊的他者中找尋自己的定位，閱讀自己，傾聽自己，最終理解並釐清自我，終而開拓出一條嶄新的，閱讀自己的道路。

當你選擇點擊「顯示更多」，不僅是閱讀更多的李律，同時也是點擊「顯示更多的自己」。

閱讀李律的作品，除了讀見他對自我、日常與世代的書寫，更多的，是讓閱讀者讀見即便在時代更迭的洪流裡，仍想一點一點地安定下來的，你自己。

推薦序——

我們因為書寫，而更接近自己

廖瞇　作家

「為什麼你想把臉文集結成書？實體書能做到哪些臉書做不到的事情？」

當李律跟我邀推薦序時，我很直接地問了他這個問題。這樣問很單刀直入，完全沒有轉圜的餘地，但是當我知道李律的第一本書是要集結臉文時，我忍不住這樣問了。我真的很好奇。

我知道李律一直在寫臉文，而且讀者眾多，但這樣足以成為出書的原因嗎？李律向我約推薦是因為他覺得我很誠實……嗯，那我想我這個提問應該夠誠實了吧。

「天啊這問題簡直是比出版社的企劃還要實際……」李律說，「我手機打字慢，我得慢慢回答……」又過了一會他傳來，「這個問題的完整回答我寫在本書的序文裡，約五千字，我不可能用手機再打一次，我放棄。」

「我只能期望你看過書稿的序文，這樣你才能瞭解。」

這樣啊，好喔，那麼請寄書稿過來，我真的很好奇。晚間收到書稿，我打開檔案，看到書名是《顯示更多》，我忍不住笑了起來。顯示更多，是臉書上長文的連結icon。確實，李律的臉文經常要去按顯示更多，然後一顯示就是五六千字或上萬字。而出成實體書之後，自然不需要「顯示更多」，反而是「無法顯示更多」（因為全部都顯示完了……）。書名抓到了臉書與實體書的差異，打開了我的興趣。

中秋連假的第一天（其實對自由工作者沒有什麼連不連假的差別），早餐結束，我打開書稿，讀了李律的自序。讀的時候有一個神奇的感覺，跟讀李律平常的臉文不太一樣？老實說，我不算李律的忠實讀者，因為我不是那種可以在臉書上讀長文的人。可是現在打開書稿，我發現我竟然可以慢慢讀，儘管它還沒有真的變成書，還只是word檔，但光是只剩下文字就能讓我的心靜下來，慢慢去讀李律想說的話。或許李律的文字對我來說，是屬於適合變成書的類型？

然後，在這篇自序中我發現李律的書寫，是為了他自己。

前一天我問李律，為什麼要集結臉文呢？我現在對自己提出的這個問題感到害羞，因為那言下之意有一種「臉文有重要到需要集結嗎？」我很抱歉，真的很抱歉。我會這樣問是因為我沒有發現寫臉書對李律的重要，一直到讀了書稿，我才知道那是他與自己說話，跟他人對話，寫臉書是他在一個彷彿沒有窗戶的房間開的出口。

對我來說，書寫對自己的重要性，一直是擺在最前面。我發現李律似乎因為臉書書寫而「活」了下來？我不曉得這樣講會不會太誇張，而且坦白說生命啦出口啦這些詞彙，有時會因為聽起來過於勵志而顯得矯情，但矯情與感動經常是一線之隔。而我在讀自序與第一篇〈可是我偏偏不喜歡〉時，感覺到的是感動，而且想繼續往下讀。感動是什麼？心有所感，並且被打動了。我本來覺得自己可能不會寫這篇推薦，但在讀了書稿後我改變了想法。不過我還是問李律為什麼想要出書？因為現在書太難賣，太難賣了。

但是當我讀到李律寫著：「我一直有意識地逃避失敗，與所有造成失敗的可能，不停地逃，直到最後無處可逃，我被失敗逮個正著。那時我正要四十歲。」

李律一直走在一條避免失敗的路上，到後來卻發現人生好像被自己走到沒有路了，那條看似安全穩定的路，當公務員，有正職工作固定收入，一條看似不會失敗的選擇卻好像快把自己一點一點吃掉了，我讀著李律寫著自己過馬路時腦袋中閃過的畫面，我膽戰心驚……

所以我換想法了。想要出書就去出，雖然可能不一定賺得到錢（因為群眾買不買單這件事真的不是自己可以決定的）。我們能決定的只有——「這是不是我想做的事」。然後不要害怕自己的害怕，害怕是自然的，但不要因為害怕而卻步。

我跟李律的生命經驗剛好相反，我是那種從大學聯考就一直在「失敗」、一直失敗卻還是繼續任性，一直只做著自己想做的事。我想可能因為我從來不感到那些經歷是失敗？失敗是別人說的、別人認為的，我卻幾乎從未對自己的選擇後悔過。

現在這個說自己在三十歲前幾乎未曾失敗，但在四十歲時卻感到自己被失敗攫住了的李律，他決定不再害怕失敗，去做自己想做的事。去做自己想做的事，永不嫌晚卻也不那麼理所當然，是什麼讓李律有力量從沒有窗戶的地方離開？我想是這十年來不間斷的臉書書寫。

臉書書寫，看似日常，卻也可以是對自己生命的檢視，尤其是花了十年的生命檢視。李律從數百篇甚至可能千篇的臉文中，選輯了幾十篇來分享他自己。他在選的時候想著什麼？哪些決定選入哪些放棄？我想這個編輯的歷程，他應該又陪著自己走了一回。

有人問我，寫是為了什麼？我總是每被問一次又重新再想一遍。但不管重新想幾遍，最後的答案經常是——寫是為了接近自己。

接近自己的感覺，接近自己的想法，接近自己那個如果沒有寫出來，可能就不明白的東西。我之前不是李律臉書的忠實讀者，現在卻因為他的臉書要成書而遇見了它。他說恭喜讀見這本書的人；我也恭喜他，有了力氣去走自己的路。

自序 這次你沒得按「……顯示更多」了

前兩天我正在趕稿所以只在臉書發了一篇短短的廢文。

結果連續幾個臉友的回應讓我哭笑不得：「想要點圖看更多，才發現這次沒有一萬字」、「我還想說『來了來了（搓手）』結果點開就結束了XD」、「我剛剛要找『繼續閱讀全文……』」、「其他九千字在哪」、「這是連結對吧？全文在哪」、「這是預告嗎」、「這是teaser[1]吧」。

這樣的回應我好像也已經不陌生了，從寫臉書到現在，常常就會得到臉友的意見是：「看到你發文，就做好了讀長文的心理準備」、「結果沒想到點開來實在是太長了，後面放棄了不想讀，一直滑一直滑還看不到盡頭」。

於是最後臉友們的結論就是：「看到是李律發的文，第一直覺就是先去按那個『……顯示更多』的連結。」

不知不覺中，我已經跟「……顯示更多」這個icon完全重疊在一起了。

這一切是怎麼變成這樣的？

故事從二〇一〇年六月說起，當時我快要退伍，長官在我退伍前給了幾天榮譽假，在被漫長的夏天與鋪天蓋地的蟬鳴聲包圍之時，當時的女友迷上了臉書遊戲「餐廳城市」。她在苦等一個她需要的食材（沒記錯的話應該是鮭魚吧），於是她腦筋一動就說：「認識新朋友會獲得新食材。李律！你現在就去給我註冊一個臉書帳號！」於是在幾分鐘內，我就這樣獲得了一個以「李律」為名的臉書帳號，還被強迫去玩了餐廳城市。結果認識新朋友給她的隨選食材也不是鮭魚，「李律，你真沒用。」女友留下這句就走了，留下我面對著電腦螢幕和一個註冊的新帳號。

我是一個活在類比時代的人，我辦第一支智慧型手機的時間非常晚，晚到全世界連老人家都比我會用的時候我才辦。我也很不依賴電腦，我喜歡讀捧在手裡、聞得到紙張味道的書。一直不擅長新科技也不依賴社群媒體的我，當時對臉書的概念就只是：嗯這是一個滿方便整理讀書筆記的地方，這樣我以後想要找的

註1　teaser在廣告界中指的是「前導式廣告」，通常以充滿懸疑的手法引起消費者的好奇心，誘使其去觀看廣告正片。

時候可以回來看（殊不知後來臉書的回溯找舊文功能超弱）。就這樣開始了我斷斷續續在臉書發文的生涯。

這十年間卻也是台灣正在經歷一個巨大轉變的十年。活在博士班的象牙塔裡的我，正在經歷博士候選人資格審查與寫論文的漫長地獄；而塔外的世界，正在歷經天翻地覆的轉變。自二〇一二到二〇一三年之間，政治鬥爭、軍中人權、勞權爭議、拆屋事件、石化風暴、媒體併購、食安危機……相關爭議事件不斷發生，然後就是二〇一四年的三一八學運與年底的地方大選大翻盤。接著經歷了二〇一六年的第三度政黨輪替，以及二〇一八年底的公投綁大選的保守勢力大反撲，我們這樣顛顛簸簸地走到二〇二〇的現在。

一路回望，這十年間是台灣在集體價值上的重要切換期。主流民意對於兩岸議題的看法從維持現狀終極統一切換成獨立傾向來到前所未有的新高[2]，面對同婚議題、弱勢權益、轉型正義乃至今年的全民防疫，台灣在這個價值激烈變換的時代，逐漸摸索出了一個新方向，你我都見證了這個漫長而顛仆的過程。

在這當中，我也從在論文地獄中掙扎的博士生，變成一個流浪博士，在短暫的博士後計畫中到處漂流，然後以過去的高普考資格變成一個不快樂的公務員，後來毅然決然辭掉了穩定有保障的工作、告別了每月進帳的收入，靠著微薄的存款與可能經常沒收入的風險，變成了一個全職寫作者。

在這過程中我經歷了兩次嚴重憂鬱的時期，經歷了父喪以及與交往多年的女友分手，假如人生有所謂的低谷，那段時間應該就是了吧。我一直被冠上好學生與聰明孩子的封號，被期望、也只被准許擁有一個成功的人生；我一直有意識地逃避失敗、與所有造成失敗的可能，不停地逃，直到最後無處可逃，我被失敗逮個正著。那時我正要四十歲。

在那些漫長而痛苦的日子裡，讀書與在臉書發文成了我唯一的救贖。那個十年前意外註冊的帳號，後來變成了我與外在世界聯繫的窗口。尤其是在我失去了一切，把自己囚禁在一個上班地點附近的斗室，寫著不著邊際的東西，寫古老的故事、寫遠方的消息，真正想要排遣的卻是長期寓居在自己心中悶滯鬱結的悲懷。

有時候我寫時事，有時候我寫文本的心得，但寫來寫去，其實都是在寫我怎麼看這個世界。有時候我只是寫給自己看，有時候我會寫給假想中的讀者，我不知道他們是誰、在哪裡、平常做什麼，但我想像他也是一個跟我一樣想很多的人，覺得事情的發展好像不應該只有這樣。這個世界，在人與人的耦合、事與

註2　相關數據請參閱政治大學選舉研究中心於二〇二〇年六月所發表的〈台灣民眾統獨立場趨勢分布1994-2020〉調查報告。

事的接軌上，應該要有更多可以發展的故事線，最好可以像是被丟飛盤的黑膠唱片，迎風被拋去遠遠看不見的遠方，也不用擔心要不要回來。

所以我只能持續地寫，寫得愈來愈深入、篇幅也就寫得愈來愈長。當然，我很清楚地意識到，寫長文，在網路與社群媒體的時代，不但不會是種優勢，甚至還會是一個被淘汰的趨勢。

在這個資訊急速膨脹、各種各樣的消息以秒為單位迅速地此消彼長的年代，當推特限定每則訊息只能容納一百四十個字元的時代，當人們聽到一首歌只會有幾秒鐘就會決定要不要把它拉掉的時代，當youtube上的影片稍微無聊就會被關掉的時代，當人們甚至用快轉的方式來追劇的時代，人們，到底有哪來的耐性願意讀長文？

我想起了在我很小的時候，我像是飢渴的怪物一般，貪心地讀著所有我可能可以接觸到的書。這對一個在盆地邊緣的工業市鎮、工人階級家庭長大的第三個小孩來說，是一件非常困難的事。

我知道書這個神秘的媒體有方法解決我的各種疑惑，只是它不會是一個on demand的互動媒體。人與書的相遇，皆是緣分。今天你不能決定你遇到的書會以什麼樣的方式向你展開世界中的一小部分知識，你只能被動地接受，把你心中的疑惑藏著，然後等待。也許有一天，解答之書會在對的時間與你相遇，解答你的疑惑。

也因此，小時候的我，是一個對任何事情都很有耐心的孩子。放著一個疑問等待哪天讀到的書解答、看完了這集連續劇等待一個禮拜看到下一集，現在沒錢買唱片只好等待存到錢的那一天可以把整張專輯聽完，現在喜歡的人不急著告訴她等到有一天對的時間到來……

等待是一門隨著時間發酵熟成的藝術。

跟我一起長大的人們，他們後來都變得很沒有耐性了，一件事情、一個答案，如果可以快速獲取，誰還要等呢？比我晚很多長大的小孩們，他們更是出生在一個凡事都不用等的世界，但是我覺得他們很可憐，因為世界也沒有耐性等他們長大。

我其實不知道為什麼我一直要在臉書發長文，跟所有科技發展的趨勢逆著對幹，這很顯然是這個速食的時代非常不切實際又過時的事。我在想，也許這才是真正的原因。

除了很多複雜的事件，你必須在非常反覆的來回辯證中去隱隱區辨、彰顯那些容易忽視、很細微的價值；除了有些完整的概念，你必須用非常全面的系統式陳述才不會誤導出以偏概全的認知偏誤；除了世上有很多的想法觀念，它並不被主流社會接納，你必須很有耐性地去梳理、去論理、去將心比心，你才能讓他者同理……這些原因都很重要，但我一直覺得最重要的一點是：

我想讓看我的文章的人重新體會到一件事，這世界上，有很多事情是很值得你耐心去期待與完成的。而當你真正完成了，你就能理解在人生的每個重要階段付出耐心是多麼地值得而美好。

我想這是人生走到中年，才把好多成長時的羞怯、疑惑、憤懣、不甘與不平……與之一一達成和解的我，最適合與他們說的話。

假如你是打開了這本書，讀到了這裡才第一次認識我的人，我想跟你說，恭喜你，我們在書中相遇了。假如你以前曾經在朋友的轉貼中零星見過我的長文，但一直沒有機會好好讀過，我也想恭喜你，這一次你可以從書裡見到我。

我前面就說過了，比起電腦螢幕，我更喜歡的一直都是可以拿在手上、有重量、聞得到紙張氣味的實體書。

我永遠都記得小學時每個學期開學的第一天，老師會要我們一群人（我常常是班長，所以每次都會有我）去地下室的總務處倉庫搬新課本到教室。我最喜歡的時刻，就是當全新的課本拿在手上的時候，去聞簇新的課本被固化的紙漿味，還有上面的新鮮油墨味。

而我最喜歡的幾個科目，尤其是歷史地理，我大概都會迫不及待地在當天讀完整學期所有的內容。這是等待的美好，還有迫不及待的驚喜。假如沒有等待，就沒有在對的時間點享受最美好的內容的驚喜感。

所以我說恭喜你，我們在書中相遇了。比起你透過螢幕認識我，我更希望我的千千萬萬的碎念與絮語是以印刷鉛字蘸了油墨刻在紙張上的形式，絮絮叨叨地傳到你眼裡心裡。

因為這是一本書，你不會在旁邊看到廣告欄位令你分心、你不會因為一時讀不完他的頁面就隨機跳掉了導致你再也找不到你上次讀到哪裡。你看不到fancy的彩色圖像資訊，只有單純而連貫的白紙黑字讓我可以專注地對你說話……而且，無論如何，你永遠不用擔心它會沒電（笑）。

最重要的是，書這個媒介，對我來說一直是一個意義深遠的知識載體。在我心智仍然處於蒙昧混沌的時期，書與其象徵，因此有了一份更神聖的意義。假如我的內心有一座知識寶庫的聖殿，它一定會是一座圖書館，而不是放了許多主機與server的機房。

這本書記錄了我這十年來，從第一次在臉書發文起，一直到現在所發過的數百甚至上千篇文中精選的幾十篇文章。當然，他們共同的特徵，就是都很長

（笑）。不過，既然是以書的形式展開，我期望你能心無旁騖、耐心地讀。

如同前面曾經敘寫的，這些選文陪伴了我走過了十年的時光，記錄了我生命中最徬徨無措的時刻，訴說了我遭逢生命低谷時刻的心情，也有許多我試著追溯生命與記憶的源頭，試圖去跟成長時期的種種不快與之和解的過程。所以，按照著我在不同的時期，懷抱著不同心情所寫下的文章，我也試著用類似的主題來為本書收錄的不同文章加以分類，讓閱讀經驗可以變得更加有序而連貫。

在本書的〈輯一：我親愛的偏執狂〉當中，我追溯了我的個人生命史，包括了從童年時期到少年時期的迷惘與羞怯，還有到了中年時期遭遇人生困境的低迴與反省，這些回憶都是我的人生路上閃閃發亮的珍寶。

〈輯二：人生的第一份功課〉談的主題是父母，包括我自己的父母，還有我所思考的，父母做為一份親職、一種身分，究竟是什麼樣的組成？它關係著我們每個人人格生成時期的關鍵，也是我的個人記憶追溯的起源。

〈輯三：帶著博士去流浪〉則完整記錄了我從博士班時期開始當大學工作坊講師，一直到成了一個真正的老師的想法；當然，也有一些是我在思考，大學教育的本質是什麼？而當一個大學老師的意義又是什麼？

除了這些比較嚴肅的主題以外，〈輯四：我一點也不想去火星〉用比較輕鬆的角度，記錄了我在工作與讀書以外，在生活中的一些所見所聞與反思，也像是日常生活的隨筆。

而在最後，〈輯五：愛是唯一的魔法〉則是收錄了幾篇在這十年當中我們的台灣社會遭逢幾件重大的時事時，我試圖想要去跟這個社會裡我看不見的人們溝通想法、傳達意念的文章；這些文章也間接描繪了一個我理想中的社會，或者當我們意圖建構一個正常的國家，我希望它所呈現的樣貌。

這些選文與分類，或許未盡完備，當然也有頗多遺珠，但我還是誠懇地希望，你在讀到這本書時，能夠感受到我對這個世界的想法與期望，而當然最重點是，在你的精神世界裡，你感受到了什麼樣的回音與反響，我也期望你與我分享。

最後我想說的是，在我火力全開話匣子繼續絮絮叨叨之下，這篇本應做為序文的文章，沒有意外地又成為一篇長文（啊哈！正如我的一貫風格）。不過讓我最高興的是，你將不會在臉書頁面裡看到它，你只能，在這本書的紙本上、書頁中看到它。所以，這次你沒有「……顯示更多」的連結可以按了（笑）。不用按「……顯示更多」就可以看李律的長文，相信你應該也是人生頭一遭吧！對嗎？

李律，寫於二〇二〇年九月二日本書成稿前

輯一

我親愛的偏執狂

我想要從頭學習當一個人，一個好人、一個開闊的人、一個正面積極的人、一個慷慨的人、一個正直的人、一個大器的人。我想要好好修正那些從青少年時期，從小學，甚至是從兒童時期就開始走歪的自己。學習成為一個完整的人。

可是我偏偏不喜歡

飛機從關西機場起飛回台灣的時候，我覺得我準備好了。以前每次坐飛機之前我都會寫遺書，因為總有種很可能就回不來了的感覺。後來次數多了，不再寫了，但總是會把該跟世界道別的事在心裡想過一次。

這一次起飛之前，我想到的只有：我準備好了。

假如在那一刻我就走了，坦白說我覺得滿好的。我沒有任何遺憾，而且我會在幻想我有個將要愈來愈好的人生的期盼中離開，沒什麼比這個棒了。後來我踩著雙腳走下飛機那倒不是那麼重要了。因為我的心已經準備好了。

兩年前的今天（二〇一七年），我把ＦＢ的個人資料裡的生日去掉了。我失去了一段漫長的感情，失去了我的朋友，而且我掉進了希望的邊疆。我在一個不好不壞、不痛不癢、不高不低、沒有過去也沒有未來的白色巨塔裡，被安了一個位子。是國家給我的。

我掉進了希望的邊疆。在那裡我的靈魂沒有活著。

我的羽翼被拔掉了。我看著天空中飛舞的夏蟲、翱翔的禽鳥，他們跟我再也沒有關係了。我只能坐在泥淖裡仰望他們。

我把自己囚禁起來，不跟外界接觸。假如世界上有所謂世界末日的冷酷異境，那就是我所在的地方。

啊為什麼我要活著呢？

為什麼活著只是一具勞動機器呢？

早上八點打卡、成為一具機器，正確地說，是一具巨大機器裡的小齒輪，誰都可以取代的那種。

我成為一個數字、一個員工代號、一個財產編號、一本存摺、一個公務員職等、本俸與加給、公教儲蓄帳戶、保險保戶、一個職章、一個公文夾……

每天當我走到急診病棟前的馬路時，車子急速飛馳而過，我總想著，啊，我只要往前一步就好了。我可以立刻被送到急診室裡。

我就可以好好休息了……

我仰頭看天空，陽光燦爛無比，映著白色的病棟大樓與被硫磺氣薰黑的壁面。

嗯我怎麼看都覺得太陽好像是黑的。

五年前我的論文陷入了瓶頸。

我怎麼樣都沒有辦法再寫一個字。每當我想要打一句話，腦袋裡有一個聲音，不對、兩三個；不對、四五個、或更多，它們數落著：「你為什麼這樣推論？證據呢」、「你怎麼能把你說的話假托給學者的引述說出來」、「你真的會做歷史研究嗎」、「你這種半調子的研究生也想學人家寫厲害的論文？不要往自己臉上貼金了」、「我就說了你什麼都做不好」、「你生下來就是錯誤」……

每天早上我眼睛張開的時候，我很難過為什麼我醒過來。

今天的論文也是一個字都不會有進展吧？爸爸媽媽家人都沒有催你但是他們心裡一定很焦急吧？你根本也不想再跟他們見面，因為只是更沒有臉見他們吧？窗外天氣這麼好、你哪裡都可以去、但是最終，你哪裡都去不了。

你活在一個逃不掉的牢籠裡。

那好像是另一個黑太陽。

五年前那個身體自由但是心卻被判了徒刑的牢籠，和兩年前那個身體被判了徒刑所以心也被囚禁的牢籠，仔細比較起來，還是有點不一樣呢……雖然我比較不出到底哪一個比較慘就是了……

今天坐車回家路上跟學妹李季閒聊，她說：她真的不懂為什麼每個父母都要想盡辦法讓孩子避免失敗、繞過失敗，或是怕失敗直接幫他們做好，「他們難道不知道就是那些失敗的經驗對我們來說特別重要嗎？」

真是一語驚醒我夢中人。

原來我的人生就是在三十多歲以前從來都沒失敗過，才會搞成這樣。

我的意思並不是說我是天才兒童，年輕時從未嘗過敗績。而是我從年輕的時候開始，就逃避失敗、害怕失敗、想辦法繞過失敗；或是，一旦察覺有可能失敗，就立刻放棄，那就不會失敗。

這個結果就是，你一直逃、一直逃，最後就無路可逃。你最終就要被失敗抓住。可惜的是，你已經超過三十五歲了，你不是年輕人，一次失敗就能整死你。

你不想被屋簷的水滴到、你就會踩進水窪整隻鞋子濕掉；你想繞過泥沼，就會整個人摔進糞坑。我用全身全心與長達數十年的壽命在每天實踐這個不滅定律。所以你可以非常相信我。

不過人生的轉機總是會在你已經放棄所有希望後，無意間從某一個無聲的地方捎來。小天使詩惠突然傳簡訊問我想不想換跑道，我本來禮貌婉拒了；然後，巧慧學姐打了一通電話來，她一如往常地那樣誠懇，我的心動搖了。

在我動搖苦惱到不行的時候，我打去問我的前女友（我花了好長的時間才與她和好），她秉持一貫率性與無厘頭說：「那你去算命吧！」

算命老師的工作室就在新北市某個尋常的私宅客廳裡。我頭一句就問他說：「我應該辭掉公務員的工作回學校做研究嗎？」

「很好啊！學校是你最熟悉的地方，也是你能大展身手的地方；再說，你完全沒有升官的命。」

我笑開了。

然後他告訴我，我的命盤主星的意義。我很久以前就知道自己是「機月同梁格」，但是他一講我才算是發現自己過去好像全都誤解了。

「你的命宮主星同時有天同與天梁，其中天同是你的內在人格，天梁是你的外顯人格。」

「這要怎麼解釋？」

「天同就是童，是個小孩子。你的內心就是一個小孩子，是很純真善良的；

但是，你為自己樹立了一個外顯人格是天梁，天梁是一個博學穩重的老人。」

ＯＫ，原來如此。套用文玲的話來說，我的內心就是一個長不大的永恆少年，只想玩、不想負責任。但是我刻意塑造出一個博學、穩重的外在形象，變成智慧老人。是以認識我不深的人，都只看到我穩重的那一面，只有很少數的人，看到我內心的那個長不大的小孩。

「那天機呢？我還算有聰明才智吧？」

「你天機化忌。」

「那是什麼意思？」

「就是你一生都是聰明反被聰明誤。」

算命老師非常慈眉善目、長得又正派、講話又溫柔。但是我剛剛一瞬間好像被連抽了幾十個巴掌，嗯～～差不多就是活了幾歲就被抽了幾下的感覺。

我好像搞懂了人生一直以來踩濕鞋子摔進糞坑的過程，到底問題出在哪裡。

雖然已經被抽到臉腫了，還是繼續問：

「那太陰呢？」

「很好啊！太陰化權，你的月亮的那一面會對你產生非常大的影響，也就是你的感性面。你其實是一個非常感性的人。」

前女友常跟我說：「李律，你根本就不是什麼理性的人，你其實非常感性。」

看來她果然是對的。

「你說你想要寫作，那麼太陰化權表示你應該好好信任你感性的那一面，讓感性帶著你的思路來創作。」好我記下來了。

「而且你不但太陰化權、還太陽化陷。」

「這是什麼意思？」

「就是你白天一條蟲、晚上一條龍，你就是個夜貓子，愈晚精神愈好。所以你以後如果要決定重大的事情，比如說簽合約，最好是下午以後。」

好，我下定決心要離開早上八點打卡的工作。可以的話，我要離開所有早上開始的工作。

在這場奇妙的算命之後，我暗自下了很多決定。我決定接受新的工作，也決定在這個為期兩年的計畫結束後，我不想再做辦公室的工作了。

那也就是意味著，我要真正地靠自己的名字、用這塊招牌養活自己。

我沒有任何預兆或把握覺得我會成功。

但是，我一點也不在意成不成功，我只是想要這麼做。

然後我告別了為期兩年多的公務員工作。所有的人聽到我要放棄公務員資格，都說太可惜了，勸我要再多想想。

我感謝他們的關心，因為是為我著想，才會勸我不要放棄這樣穩定的保障。但我知道我要什麼。

我不要乾枯地死去。我不要沒有靈魂的生活。

我可以坐在辦公室裡，像個機械一樣地工作。二十五年後換來（跟我們這世代比起來已經算是很穩定的）退休金與福利。但是那時候我已經是個六十五歲的老人，我把剩下的青春拿去坐牢，等到青春全部浪費後，把換來的錢拿去看病。

這絕對不是我要的人生。

許多長輩總是忍不住苦勸，你還是好好考慮，你將來總是會老，你要為將來作打算。等到你老時一身貧病，已經後悔莫及。

我明白他們的意思與擔心，他們的擔憂確實有理有據，做不喜歡的工作，換有保障的人生；人生總無法盡如人意，但是還是要將眼光放遠，好好想想將來。

然後我讀到吳曉樂寫的《可是我偏偏不喜歡》。

「金庸的著作，我最鍾情的作品莫過於《白馬嘯西風》，尤其是書末一段：江南有楊柳、桃花，有燕子、金魚……漢人中有的是英俊武勇的少年……但這個美麗的姑娘就像古高昌國人那樣固執：『那都是很好很好的，可是我偏不喜歡』。」

「……是的，我知道，我都明白，唉呀！你說的那些，進修、考公職，存頭期款、增加競爭力，都是很好很好的，可是我偏不喜歡。」

我那彆扭又孤僻的個性，沒有辦法向他人解釋的價值傾軋，一意孤行的性地，被這個女孩的靈動妙筆代替我道出來了。這個世界上，有人可以瞭解你那種注定難見容於主流價值的想法，在那一剎那，有人穿越了全世界平流層的孤獨來與你擊掌。

我覺得我倔強的心被人撫摸了。

再說，我也沒打算要活到那麼老。

被塞到這世界來我已經夠痛苦了，我也不知道該找誰算帳；自然也無法怪罪成仙的老爸與老邁的老媽；起碼，怎麼離開這世界，要自己決定，這是成為一個獨立的人格最基本的權利。

我已經活很久了，而且想起來總是痛苦的事多於快樂的事。起碼剩下來的時間裡，我只想活得快樂。

我嘗過了絕望與痛苦的滋味，我見過兩次黑太陽。接下來我要為自己而活。

毅然決定辭掉了工作，那個一年只給我這個菜鳥公務員幾天小氣巴拉的年假我一天都不敢休掉，現在可以一次放掉。我機票一刷飯店一訂就去日本了。

然後有生以來，第一次在這趟日本行裡面，感覺了自己是被看顧著的：沒有錯過班車，在對的時間遇到對的風景，遇到對的人。我充分感受到了時間的美感，是無常、是侘寂；是天地萬物唯有一期一會的緣分。

世界向我展開，我頭一次覺得我被造物重視、頭一次感覺自己是個幸運兒。

我一生盼的簡單，就只是希望被善待。過去三四十年，說實在很少有這種感覺，人家對我好一點，我多半就以命相許了。說到底也只是因為我覺得自己並不配得到很好的對待，因為自己並不值。又或者自己其實一直受到很好的對待，但鑽牛角尖又固執的自己，總一廂情願地只看見那些不被善待的片段。

無論如何，問題都出在我自己。我內心相當清楚。

最早帶來新工作訊息的小天使詩惠輾轉告訴我，最開始發現我求救訊號是文玲，所以她為我留意，為了幫助我重回學校，她為我向計畫主持人李老師與巧慧學姐引薦。

被這個國家與制度判定為不適任大學教職的我，文玲準備一個溫暖的家，雖然她自己常溜出去玩不在家，但這裡總是有人看家，總是有人等我回來。

而且這裡的人可以接受我當一個老師。他們從來沒有懷疑過。

正當我在為新工作的住處煩惱時，好友佑群丟了簡訊給我，用完全是佛心的租金將他們夫婦的空房子便宜租我。我不想讓他們吃虧所以一直婉拒。我對她說：「我感謝你們夫婦的好意，但我不能這樣占你們便宜，我是在消費你們對我的溺愛（真是浮誇的台詞啊）。」但佑群回傳的簡訊對我說：「我們沒有溺愛你，是你沒有得到應得的評價與重視。」

那一刻我突然熱淚盈眶。哪怕我被全世界拒絕了，只要這世界上有一兩個人認同你存在的價值、認同你的熱情、認同你的努力，那也就夠了。士為知己者死。我覺得我不長不短的人生活到這樣已經足夠了。

當飛機從關西機場準備起飛的時候，我覺得我準備好了。

我以無比安靜而穩定的心，聽著飛機引擎聲準備爬升的高分貝噪音，然後以非常安心的姿態坦然面對下一秒可能發生的一萬種結局。

我準備好了，假如這一刻就走。坦白說我也沒有太多牽掛。也許有些餘債未償，但走了就走了，也非我所能控制。人世間的事你通常也沒有辦法稱斤論兩地一一釐清的。

但結果我被留下來了。好吧如果暫時還不能登出，那有什麼事總是我能做吧？

既然這世間可能還要留我十幾二十年，我跟自己約定好了，最後這一點日子，起碼要儘量活得稱心。

第一，我跟自己約定好了，在接下來的日子裡，我要盡可能誠實，盡可能講真話。

我總是怕被討厭，所以想盡辦法迎合別人，但我真的累了。誠實講話會傷人，誠實講話要面對接下來的衝突、誠實講話往往不受歡迎……就算如此，我還是要練習誠實講話；為了誠實面對自己，然後誠實面對別人。

第二、我跟自己約定好了，在接下來的日子裡，我要學習大方與給予。

我就是個很小氣的人，來自很小氣的家庭，有很小氣的父母。但是這些都不是藉口，問題還是出在自己。我要改變吝於付出的個性、我要擴大自己的格局，學習對別人更慷慨——起碼，那些本來就對我很慷慨的人們，我要加倍還給他們才行。

第三、我跟自己約定好了，在接下來的日子裡，要儘量照自己的意志而活。

坦白說具體要怎麼做跟發大財一樣的空泛模糊，但是我通常很容易遵循別人的建議、聽別人的命令，那是因為，我不想負責任。照別人命令辦事，出事情就把責任怪罪到做決定的人身上就好了，這一向是我的卑劣作風。

照自己的意思而活，除了任性之外，意思更偏向於「為自己做決定、並且為自己的決定負全責」。這聽起來非常像是青少年的學習功課，但不好意思我就是青少年階段這個科目沒過的人。

我不能對自己的人生負責，總是把錯推給父母、推給家人、推給上司、推給朋友、推給大環境、推給這個錯誤的年代，千錯錯萬錯就是自己沒錯。可是現在年紀一把了，愈來愈清楚地知道，錯全部都出在自己身上；誰都沒有義務要為我那失敗逃避的人生負責，全都是我自己造成的。

那麼起碼就從這些地方改變起吧。

我的內心是個天同，是個長不大的小孩。遇到事情只想逃避、不想負責任；只想玩、不想盡義務；覺得世界上每個人都應該要對自己好，無法接受這世上每個人其實都沒有把我當一回事。覺得世界對不起自己，眼紅別人的成功與幸運；卻從不檢討自己是否付出同等的努力，以做好準備在對的時間用全力去接住幸運……

這樣小氣又賭氣地活了四十多年，是時候該好好反省自己卑鄙的生存之道了。

那些被我牽拖過的，老爸老媽、我的家人，我跟你們道歉；那些被我眼紅嫉妒過的人們（雖然你可能都不知道），我打從內心佩服你付出的一切。那些不問理由而對我好的朋友們，我發誓會加倍還給你們；那些曾經傷害過我的人（雖然你可能也不見得知道），我同理你們，我會學習原諒你們。

我想要從頭學習當一個人，一個好人、一個開闊的人、一個正面積極的人、一個慷慨的人、一個正直的人、一個大器的人。我想要好好修正那些從青少年時期、從小學，甚至是從兒童時期就開始走歪的自己。學習成為一個完整的人。

最後，我想說，我為什麼突然莫名其妙高調發個生日文呢？這不像我啊……是因為……

我要許願。

我一直不相信許願。可是今年開始，我想要相信。我想要相信許願的力量。我要相信我是很好的人、我會努力去成為很好的人，所以宇宙會回應我，回應我的期待。

我的願望跟前面我說的那些我要改變的地方都沒有關係。那種個人的事情自己下定決心去做就好了。我要借用宇宙許願的力量，是因為我一個人真的辦不到，我要把我微薄的心願丟到宇宙蒼穹裡，期望被聽見，期望有人附和，期望凝聚其他人的力量，讓願望成真。

我要開始許願了。

我的願望是，期望台灣能永保自由，永不踏上香港的後塵。

我不在乎沒錢，甚至可以犧牲珍奶與甜食，就算我注定單身終老我也無所謂，可是我的人生唯一不能失去的底線就是自由。

一旦失去了自由，我的生命也就沒有任何意義。我也不可能活得下去。我想要在未來的日子順著自己的意志而活，自由是最重要的空氣與水，沒有了這些，我活不下去，我也只能自我了斷。

我只能祈求在我未來不算長的日子裡，每一天都能有尊嚴地活下去，照著自己的意志做選擇、過生活，永遠不需要為了莫須有的罪名而像驚弓之鳥一般自我審查，甚至必須跪地求饒。能夠如此，我已別無所求。

說到這裡，該說的話應該大致說完了。雖然我到現在還是不知道為什麼自己會被從宇宙丟到這個星球上來塞進這皮囊裡，有了自我意識開始過活；我也始終不知道我到底要到哪裡去。不過人基本上就是一直在與這種無知感與無力感努力並存不是嗎？

順勢而為、毋攖其鋒，但是在某些特別的時刻腰桿還是要打直，膝蓋不要軟掉，做人的道理好像也就這幾句就受用了。其他的事就放寬心吧！行到水窮處、坐看雲起時。

別人笑我太瘋癲、我笑他人看不穿。

不見五陵豪傑墓，無花無酒鋤作田。

最後，不要問我幾歲了。過了四十之後，後面的數字是什麼，我是打從心裡忘記了。

鳥

有一天回政大去簽工讀單，路過某校舍的時候，在二樓的走廊偶然發現了一隻麻雀。當時已經過了工友下班時間，所有的窗戶都已經關上了。那隻麻雀就這樣被困在採光良好窗戶眾多但每一扇窗都打不開的迴廊裡，反覆地撞壁。

這種事情我不意外，從大學時進了電台以後，我幾乎每天都在搶救不小心誤飛進傳院大樓然後飛不出去的蝴蝶、飛蛾小瓢蟲什麼的，拯救迷途動物幾乎成了當時副業。

但這一次誤入大樓的居然是隻麻雀，我就不知道從哪裡來的了，我也不知道當我發現牠的時候牠已經被困了多久，總之牠只是反覆地突然飛起，用盡全力撞向玻璃，然後徒勞無功地掉到地上。

二話不說當然先救再說。但是問題來了，該怎麼救？過去救小昆蟲我是老手，只要用雙手拱起弧形，兩手一包快速抓住小蟲之後讓小蟲在雙手圍起的小空間裡振翅，然後立馬迅速衝到傳院外面兩手一放，小蝴蝶們就恢復自由了。

可是這是麻雀啊，我從來就沒有捉麻雀的經驗（而且印象中麻雀應該不好抓），那麼我先試試看用趕的好了。

我把迴廊裡面幾扇通氣用的小窗打開，因為只是通氣用，所以小窗的極限就是只能打開三十度左右，這三十度的小角，卻是一隻麻雀能否逃出生天的關鍵。

然後我開始趕麻雀。我試圖用在後面追趕的方式，想把牠逼到有通氣小窗打開一條縫的地方，也許福至心靈牠會懂得吧：「啊這小縫有徐徐微風吹進來，這一定是出口！」我心想鳥類的直覺應該準確無比，牠應該會被我逼到窗邊後就從小縫飛出去。

但是我太天真了，每當我從後面趕牠的時候，牠只是繼續高高飛起、繼續撞向不會打開的玻璃，然後再繼續飛到另一個方向。而整個迴廊偌大無比，挑高也不低，我每次趕牠牠也只會飛到不同方向去，根本不會飛到我希望牠去的小窗。

徒勞無功趕了好幾次之後，我已經全身大汗了，在下班時間完全沒有冷氣的封閉大樓裡，我全身飆汗飆得像下雨一樣，我再趕一次，牠突然飛向開得比較大一點的通氣窗的方向，看來應該是出去了。

我累斃了，幾乎要坐下來喘息，想說好歹也是費了九牛二虎之力，但迴廊間安靜無比，再也聽不到那隻麻雀的振翅撞牆聲，那麼牠應該是出去了吧。

正當我終於收拾心情準備把窗戶關上時，在某個角落裡我突然發現了牠，我傻傻地跟牠四目相望著。

我的天啊牠根本沒有飛出去，牠只是躲到了比較高的窗戶頂端，然後在那裡休息而已。

我幾乎要放棄了，好不容易搞了半天，結果一切回到原點，我在盤算我到底該怎麼辦好。坦白說如果是平常的我，一定是秉持著凡事不要強求、不要多嘴插手別人的事、別人怎樣都好我一點也不想過問的不沾鍋態度，用一句「看來我倆是沒有緣分你就自己保重吧」的話語，跟那隻倒楣的麻雀說再見。

可是我只是怔怔地望著牠。

那隻又小又脆弱的麻雀，身體不停地顫抖著。當然這一切只是我的解讀，我根本不知道一般麻雀成鳥有多大，所以我也不能確定牠是不是特別小，牠看起來是在發抖，但是或許那是因為牠飛得太累了所以心臟撲通撲通地跳也說不定。

但是我心裡知道，牠真的很害怕。

我沒有辦法判斷或是推理，我只是打心裡知道，牠現在非常害怕。

天已經快要黑了，牠的家人同伴可能已經回巢，牠如果這樣撞了一夜，難保牠明天就能找到回家的路，更難保牠會不會活不過今晚（我才發現文組的我對生物常識實在嚴重不足，我不知道一隻鳥多久沒吃東西會死掉）。

但是我看著牠的眼睛，我感受到了牠的緊張、害怕，以及絕望。不行，我不能放棄牠。我一旦放棄了，牠就死定了。

該怎麼救牠？好好想想？快點想辦法啊！我開始拚命催促自己。

小麻雀的行為模式很簡單，牠完全是依照本能。本能與經驗告訴牠最亮的地方就是通往外面的路，可是在這條長長的、窗戶眾多、採光良好的迴廊裡，最亮的窗戶都是密封的，反而是可以推開一條縫的窗戶，真正的生路，卻因為面積小窗框大所以不亮。

或者還有一條路，就是穿過門的另一邊黑暗的走廊，就可以到完全露天的中庭，那牠就可以獲得自由了（我猜想牠八成也是因為從中庭飛進來後向著亮光飛才會飛進這個囚籠裡）。

嗯，人生往往都是這樣的不是嗎？看起來最光亮的、最像是出路的地方，其實是封死的，而真正的出口，往往小得只有一條縫而且並不亮，或是你必須穿越一條漫長黑暗的走廊，才能抵達露天的中庭，真正的自由之地。

這完全是違反經驗與直覺的。

我忽然有點懂了。

這隻鳥就是我，困在名為論文的囚籠裡。

我好像看見了我，在光亮的囚籠裡反覆地撞牆，用盡所有力氣飛向玻璃、然後再咚地一聲撞壁跌落地上。

當經驗與本能都沒有用的時候，唯一能帶我們逃出生天的，是知識。

而我現在的角色，就好像我的指導老師，他必須看著我反覆地撞牆，然後設法用身為動物的我幾乎沒有辦法領悟的語言，指出逃生的出路（從渡人的角度來說，論文指導教授的救苦救難功德好比菩薩一樣）。

在悲哀的當下領悟了這一點的我，突然有了悲憤的決心。「就算我論文寫不出來畢不了業，好歹今天我一定要救你出去！」

我開始尋找近便的材料，在某個角落有一份被丟棄的報紙，我決定試著用報紙把麻雀包起來，看是要疾衝過走廊去中庭放了牠，還是可以把牠順利從通氣窗的縫塞出去都可以。

但麻雀畢竟是麻雀，即使牠已經精疲力竭，但牠每次高飛還是可以飛到我抓不到的高度與距離，我畢竟是個人類啊，而且我感冒未癒，其實體能不好，我跳起來大概也只離地十公分吧！

這樣奔跑了好幾次，假如大樓有攝影機的話，大概會看到一個笨蛋拿著報紙撲來撲去跳來跳去的蠢樣，大概像是在跳德島的阿波舞，總之真是蠢到極點了。

撲了很多次之後，我累了，牠也累了。牠好像也不再那麼怕我了，或許，牠有點明白這個怪怪的大叔雖然要抓牠但其實是想幫牠？牠不再拒我於千里之外，只是站在比我高一點的窗台上。

出路在下面啊！我一直跟牠說。你只要往下飛一點，從通氣窗的小縫飛出去你就自由了啊！

我開始用報紙試著把牠撈下來，牠不再飛走了，只是爪子用力抓著窗台而已，於是我更大力地用報紙把牠撈下來，終於！牠跌坐在通氣窗的縫旁邊了。

你在自由的門口了啊！你要自由了啊！你怎麼還不出去啊？

我不知道牠明不明白牠現在已經站在出口了，但牠不知為何完全不動了，我已經折騰了這麼久，牠要是再飛進來我就要崩潰了啊！

我決定送牠最後一程，用報紙把牠從縫裡推出去，一邊說：「別再回來了啊！」被推出去的小麻雀振翅高飛，牠，終於飛向自由、飛向家人、飛向全新的人生了。

也許在大自然的循環裡，眾生都是平等的，一隻蟲朝生夕死，有夏蟲而不可語冰，一隻鳥活過幾個寒暑，或人類走了幾十載，在大自然的眼裡，都是平等的。

那麼一隻小麻雀的生與滅，也都在大自然的平等安排裡，那麼今天即便我插手了一隻小麻雀的人生，阻礙了牠的死亡，大自然也許也會在另一個地方取走一條性命。

我自認為我對小麻雀做的，一點也不重要。

但小麻雀對我所做的，卻非常重要。

在暑假下班時間完全無人的大學校園裡面，我與一隻小麻雀的相遇，是冥冥中若有定數的安排，若不是機緣巧合，甚或我倏忽轉念，那麼我便不會走到那裡與小麻雀相遇。

假如有神佛菩薩，是故意化身小麻雀來點醒我，那我或許需要更加反覆思考，這其中的因緣（也許就是一直看顧我的吳老師變成的菩薩捎來的小麻雀也不一定）。

無助的小麻雀讓我看見的是走在人生困局的自己。觀想自己，我卻反射的是師生關係。我的老師就是不忍看我撞牆、費心盡力救我的人。那麼在我的人生大多數的時刻，我必然曾經像是小麻雀一樣誤打誤撞走出了困局，自以為全憑自我之力，卻不知多少老師長輩在我背後為我憂愁費心。

雖然小麻雀已逃出生天，但此刻的我還是困在明亮的囚籠裡。然後我接到了指導教授的來信。老師的信裡懇切地問我遇到的困難，然後說替我找了院長與文玲來與我談談，試圖希望可以幫助我突破心魔與困局。信的結尾，老師寫道，「……你正值要起飛的時刻，真的要好好考慮，不要怕難為情，碩斌」。

我感動得激動無語。

以前站在講台上的時候，我發現每一個學生打瞌睡，老師都會看得清清楚楚。現在我發現，每一個學生的求救訊號，其實老師都看得清清楚楚。

為人師者，皆是菩薩啊。
我能當一個菩薩嗎？

夭折公主的孔雀之舞

最近每天睡覺以前，都會用手機在耳旁播一次拉威爾的〈夭折公主的孔雀之舞〉（Pavane pour une Infante Défunte），幾天以後，每天腦海裡面都是它的旋律，久久不散，眼前的事物就漫上一層色彩，像是原子彈落下前祥和而寧靜的漫長午睡。

閉上眼睛以後，我會看見入夜的奧賽車站，無人的月台上，唯有廣播器傳來拉威爾的曲子，在空盪盪的大廳迴盪。當牆面上的大鐘指向午夜十二點後，會開始倒轉，一切恢復成一九一〇年的樣子，大水如潮湧入地下軌道，淹沒了月台的地平線，列車準時出發。在深達腰際的水面上疾駛，沒入遠方的漁火點點。

所有的記憶都是潮濕的。

一片沼澤地上有許多沙洲陸塊，排成了米開朗基羅在西斯汀禮拜堂的〈最後審判〉的形狀。

那一日我坐在禮拜堂裡，整整三個小時就只是盯著它看，石牆外的梵諦岡城市飄著雨，我渾然不知不到一小時後博物館就要提前打烊，而我除了禮拜堂以外什麼都沒看。

但是〈最後審判〉就住進我的腦子裡了，以沼澤沙洲的形狀。

沙洲上面矗立著宮闕，用幾萬根木樁打進潟湖裡的湖床，支撐著大理石的重量。安康聖母教堂最中央的圓場上懸掛著傅科擺，整個宇宙的秩序與磁場圍繞著擺槌而旋轉，每一片灰塵都安在自己應該位處的混亂上，所有的意外、偶然與無因事件就找到自己存在的軌道。

幾億年前，黑月亮撞擊了地球，強大的碰撞讓地球自轉軸產生偏轉，從此有了四季。

為了逃離這個討厭的世界，從我還沒有記憶開始，我就一直在打造一個想像世界。

我費心堆疊沼澤上的宮闕，開了河道、引了活水、遍植花木、立了假山與瀑布、亭台樓閣與水榭，還有遠方的借景塔。

白天與黑夜交界的時候，大水如潮湧、漫布沼澤與潟湖。我搭了鐵道，引列車在水面中破浪前進。遠方映著永恆的夕陽，那是英法聯軍還沒闖進去放火的圓明園，末代皇帝還未被趕出紫禁城的老北京，最後的京華煙雲。

一旦雙腳踏進了水裡，你就處在兩個世界的交界。既日不日、既夜不夜，逢魔之刻。

我時常夢見死亡，幾乎每夜都有。

有時候是隱喻，有時候是直白的撲上。

我搞不懂我為什麼如此執著於這個主題，以至於我的潛意識每天在我入睡後一遍又一遍地反覆辯證這個議題，也從不問我的意願。

每天都會有不是活人的東西（除了不是活人之外，其形態之多元繁複到其實無法歸類，我真的不懂潛意識在這方面創作力之旺盛）來擾，我好希望那種心力交瘁的腦部放電可以一勞永逸地結束，但這就好像其他我不想要的禮物一樣永遠甩不開。

有時候我踩到了土壤，我意識到下面是死者的國度。有時候我看見黑夜中亮燈的校舍，我知道裡面飄蕩的是什麼。有時候我走進滿是蛛網雜物的地下室，我知道裡面有一具什麼。有時候我走進夕陽餘暉的廟宇柱廊，我見到往生者的身影，逆光下面孔看不清楚，但我卻清楚地知道他們的嘴唇在對我低語。

除了死亡，更多時候，她來到我的夢裡。

她說，我希望你去死。

我也希望。我沒有真正的死過，但又好像有。

如果不把心交出來好好地死過，就嘗不出喉頭鮮血的滋味，看不出夕陽每日的細微不同，體驗不到刺進骨髓裡的痛楚，或是在溺水窒息後大口呼吸。我記得大概是這樣子的。

所以我好像有，卻又不敢斷定。

走進絕路裡的時候，我希望了斷這個世界，但是又沒有。我的惰性與怯懦讓我下不了決心，我很是討厭這樣的自己。

走出了幽谷以後，我還是可以感受到那個世界，它的入口總是開啟，雖然我不曾進去過，但我感覺得到它在召喚我。

所以我得隨時做好準備才行。

想要讓身體變輕，不要脂肪累贅就不要攝取；想要讓心變輕，就要試著讓念頭愈來愈少；想要讓靈魂變輕，就要學習把負擔放下。

把債還完，就可以走，我一直是這樣想。

我的文具誌

讀完吳明益老師在ＦＢ上發布的文章〈賣筆的〉，我發現我的童年幾乎跟他一模一樣。

我推想他的童年成長時期應該是民國六十幾年，而我是七十幾年，差距應該有十年左右，但是我們的記憶內容、文具品項，以及各種節省文具、把東西利用殆盡，簡直到不可能的地步的做法，真的是一模一樣。

我猜想原因有兩種：

第一、那是戒嚴時代，十年之間的變化不大。完全封閉的社會裡面，根本沒有外來產品，自然沒有競爭，所有的國產品牌與產品都是萬年產品。

第二、我們都來自貧困的生長環境，我們的中下階層出身的父母，會愈傾向於複製古老的生活模式。這是我後來學習社會學以及自己觀察的心得。

舉個例來說，我雖然是在民國七十幾年的時空成長，但是我的父親其實已經五十多歲了，他是跟他同年的那一輩用一樣的方法、一樣的價值觀在養孩子與教育孩子，也就是說其實我跟大我十幾二十歲的哥哥姊姊們分享的是一樣的貧窮逃難外省式的成長教育環境。好比在中華商場長大的吳明益。

同樣的我跟差我七八歲的許多七年級生很聊得來、成長環境很像，一問才知道他們也是中下階層出身，來自宜蘭、雲林、彰化等等鄉間，他們的父母也在同樣複製古早年代的價值觀與養育方法。

在我有記憶的時間裡，原子筆一直都是奢侈品，更不用說像是「玉兔」這樣有牌子的產品，在我們家是不准小孩子用的（除非偶爾遇到免費的贈品），身為小朋友的我，只准用鉛筆。

我想問你一個問題，你的鉛筆用到多短的時候，你就會不再使用呢？是十幾公分長，還是十公分，還是更短呢？

我的紀錄是，我可以用到鉛筆芯距離尾端的橡皮擦，只剩下三公分不到的距離，比一個橡皮擦還短。

這是我們家，規定可以把鉛筆丟掉的長度。

比這個長度還長，你就說不好用、不想用了，那就是一個耳刮子過去了，然後是「數典忘祖愧對祖先愧對蔣總統愧對苦難大陸同胞」之類的訓話。

可是不到五公分的鉛筆，到底要怎麼拿啊，即使是一個兒童，也幾乎要握不住了啊。

這個時候就千萬不要小看貧窮年代裡胼手胝足先人的智慧。只要在橡皮擦那一頭把原子筆筆套套上去，立馬加長五公分，你要是覺得太短可以再套一個，一支只剩下五公分的鉛筆套了筆套就跟一般鉛筆的長度一樣了。

這種生活智慧王的點子，在那個貧困的年代、貧困的我家裡面，到處都看得到。

我從小就愛畫畫，可是圖畫紙很貴，我媽想出的妥協方法是讓我畫牆壁，當然不可能是整面牆，只有一小塊，就是我家米桶後面遮起來的那一塊，反正平常遮住了，再怎麼亂畫也沒關係。

於是在那樣一塊長寬大約五十公分見方的牆壁上，我開始描繪出心中的天空、房舍與原野、駿馬或是汽車，所有五歲小男孩會有興趣的東西，都畫在那塊牆壁上了。

一直到我小學，圖畫紙在我們家仍然是奢侈品，只有因為參加比賽才可以買，因為只有一張紙，我沒有犯錯的空間，在我畫任何東西之前，我必須構思再構思，在心中不停地打草稿，然後設想周全才敢下筆。就好像買不起書只好把書背下來一樣，我貧困的童年刺激了我腦部的抽象世界以極為驚人的速度在開發。

筆也奢侈、紙也奢侈，那就更不用說彩色筆了。彩色筆，是比高高在上的火柴盒小汽車、我心中永遠也買不起的夢幻逸品，還要名貴的神器。

我媽也知道我愛畫畫、也有很多人跟他說你兒子畫得不錯，你應該好好培養他，總而言之，在我念幼稚園的時候，我獲得了人生第一個逸品，一盒十二色的彩色筆。

十二色的彩色筆，對我來說就是全世界了，這是我家負擔得起的最高額度。不過去了小學，我才知道十二色彩色筆根本是小咖中的小咖。

我在八歲那年全家搬到台北，因為學區的關係（我家附近完全沒有小學），我跟民生社區與民生重劃區的小朋友一起念民族國小。我想要說的是，我的同學們來自中產階級與資產階級家庭，是那種富裕而且重視文化教育的家庭。一個來自新莊的工人階級老兵之子，就在這裡遭遇了人生第一次的相對剝奪。

這種相對剝奪是以很無情的「十二的倍數」來進行的。

在這個國小裡面，二十四色的彩色筆，是最基本的，是那種上課時老師說：

「好了，我們現在把彩色筆拿出來」的時候，所有人都會拿出來的基本配備。

我傻眼了。

然後一個班級裡面大約會有十來個人，拿出來是「三十六色」的彩色筆，像個手提箱一樣，打開來兩邊的彩色筆好像唱詩班一樣地排排站立延展開來，光是氣勢就嚇死人了。

最後，班上最有錢的幾個小朋友，他們會用得意的眼神，拿出簡直像是大提琴一樣的神器，四十八色彩色筆！

當下我怎樣也沒辦法把我那寒傖、羞澀的十二色彩色筆拿出來，我只好說我忘了帶了。

一兩年後，當我們家好不容易有能力買到二十四色彩色筆時，最有錢的小朋友，已經升級到六十色了。

原來貧窮的感覺，並不是從你吃什麼、穿什麼、買什麼、坐什麼車、擁有什麼這些具體的物質決定的。

貧窮的感覺，是在比較的當下，那種全世界的人都有就是你沒有，那種既羞赧又難為情，夾帶著不堪、憤怒與無助的糾結交錯的複雜心情裡建構起來的。

我忽然回想起了幼稚園的情形。

在新莊的幼稚園裡、老師是這麼做的：他叫我們把各自的彩色筆全部打開，丟進一個大袋子裡，然後每個人都只能拿幾支出來，然後各自去畫畫。

這種做法讓帶比較多色的小朋友很不爽，說為什麼我只能拿這麼少，但老師完全沒理他，那個年代才沒有民主這種東西。

我長大了回想起才發現，這種做法就是共產主義。沒有私人財產、彩色筆就是全班共有的東西，每個人只能拿一樣多，沒有人可以比別人多。

雖然那是個高喊反共的年代，沒想到我的幼稚園老師就是個徹頭徹尾的共產主義者，這件事實在是太有趣了。

當我想起了在小學二年級在相對剝奪與有錢小孩炫富的光芒中尊嚴被徹底刺穿的當下，深刻地認識到何謂資本主義的時候，我一定會不假思索地擁抱共產主義，並且與那些炫富的小朋友為敵。

不過說什麼都沒有用，在那當下我只不過是個被教育成模範生、班長，連一點自主意識都沒有的好學生而已。更不用說去質疑天地一樣偉大、與日月同光的偉大的蔣總統與中華民國。

我的九二一

一九九九年九月二十日，那是我的大四生涯的開學日。

在那之前暑假的整個七月和八月，我都在東區的廣告製片公司實習，當了兩個月的無薪製片助理，拍了幾支片，過著比上班族還操的生活，經過了漫長的暑假終於等到了開學，我當時可以說是興奮無比。

畢竟是大學的最後一年，經過了辛苦拍片的實習生活，重新回去校園裡當學生，可以說是滿懷了期待，我答應自己要去上真正有意義的課，我真正想上的課，沒有學分也沒關係，放下所有現實的條件與報酬，純粹去享受學習的過程，這是大學生活的獨家特權，我非常珍惜能留在學校的最後一年。

順帶一提，九月二十日開學，幾乎是數十年來的慣例，後來不知為何，各大學開始慢慢提早開學時間，現在幾乎已經是訂在九月十日左右了，我其實不是很明白個中原因。

我印象非常深刻，九月二十日的開學日，我聽的第一堂課就是地政系李永展老師的「永續發展概論」，從社會學裡的發展觀點去討論如何能夠永續性地處理能源、環境與生態等等，是我大學修過的課程當中，我深受啟發而且至今還記得內容的許多課之一。

當天也見到了許多整個暑假不見的好同學，大家都在討論的是大四的畢展，畢竟這是每個廣告系學生都必須經歷的考驗，而一開始要跟誰一組，更是決定了你未來一年可能是天堂或是地獄的關鍵因素啊！

在非常振奮而期待新學期的心情中度過了九月二十日這一天。一如往常回家吃了晚飯、處理事情與家人閒聊，然後大家就各自睡了。到此為止，一切都是再平常不過的一天。

我上床睡了沒有很久，就在睡夢中被一下劇烈的下沉給搖醒，好像你坐的電梯突然無預警下墜然後又立刻停止的那種下墜感。接著是一陣猛烈的上下搖晃，然後再轉變成左右搖。全家所有玻璃都發出碰撞聲，客廳的玻璃大燈響聲尤其劇烈。從第一下搖晃被驚醒開始，我就立刻意識到：「是地震、而且是前所未有的強烈地震。」

大約將近一分鐘，晃動終於停止，我們全家人都被搖醒了，本能性地開燈就發現停電了，因為平常就有被教導，地震發生時要先開大門，所以全家人已經聚集在客廳，商量需不需要為了防範可能有更大的地震而外出避難。

過沒多久，當記者的大姊手機響起，是報社打來的，她講完電話後告訴我們，震央據說在中部，而且非常嚴重，所以她必須立刻去公司待命採訪，她講完後簡單收拾東西，然後就出門去採訪了。

停電的家裡一片漆黑，我走出陽台看看，整個台北都陷在黑暗中，居然整個城市都停電了，我心想，這次真的是非常嚴重的地震啊！希望災損能降至最低，我只能這樣祈禱著。

幸運的是，第二天上午電就來了，台北算是復電很快的，趕緊打開電視新聞，就看到怵目驚心的畫面。在新聞中可以確定的是震央在中部，所以包括南投、台中都是重災區，而且死亡人數不斷在攀升。新聞畫面的跑馬燈沿著螢幕的輪廓不停地在跑，更新各種消息，其中提到台北市的救援人力物資集中點在市府廣場。

不久之後我的高中同學朝尹打給我，他說他要去市府廣場集合當救災義工，問我要不要一起去，我想都沒想就答應了，不到一個小時，我們與另一個同學兼死黨為豪已經在市府廣場碰面了。

我們到達廣場的時候，一開始以為是幫忙搬運各項民間源源不絕送到市府前的救災物資，我單純地想應該就是幫忙搬運與清點等等，沒想到後來朝尹跟我說，市府前集合的義工，我們接下來就會跟著運送救災物資的卡車到災區去。

當時的女友call我的call機（那時我還在用call機啊哈哈！時代的眼淚……八年級小朋友你們應該聽都沒聽過），我回電時她聽到我要去災區非常擔心，她說目前災區傷亡非常慘重而且交通中斷，我去的話不知道會遇到什麼意外，我安慰她說：「你放心！我會好好照顧自己！」天啊這台詞根本大時代逃難還是好萊塢災難片才有的台詞，我做夢也沒想到二十年的平淡人生有一天會說出這麼戲劇性的悲壯台詞。

經歷了一陣子的等待，我們就被協調義工的人員領到不同的卡車前，我與朝尹、為豪分別坐上了不同的卡車，從此之後我們就會被送到不同的目的地去救災了，我只知道我坐的那台卡車終點站是埔里，接下來會發生什麼事，我什麼時候可以回台北、要怎樣回台北，就完全沒有人可以告訴我了。

我登上的卡車非常巨大，我事後回憶，是超過三十噸等級的大型卡車。開車的大哥非常熱血，他說他與他的同事們一聽到地震的消息，就放下今天的工作，直接開卡車到市府來擔任救災物資運送卡車，我聽了既感動又佩服。仔細想想，人家開三十噸級的卡車來救災是多麼大的生力軍啊，相較於只有兩串蕉的我，我對這個社會可以回饋的東西還真是微薄啊……

熱血的大哥一發動引擎，開往埔里的救災專車就出動了。整台卡車載了滿滿的食物、飲水、帳棚等等各式各樣的物資，整台車駕駛座只有大哥與我兩個人，卡車的車頭上貼了一張粉紅色A4的紙，上面印著「台北市救災專車」。這張小小、薄薄粉紅色的紙，後來成為了一整天旅途中暢行無阻的絕對優先通行證，比聖旨令牌龍內褲都要威啊！

車子開動了，我開始緊張起來。不只是因為即將深入災區，我最害怕的是，我到了埔里以後可能會見到的景況。在早先新聞裡就已經提到中部死傷慘重，很多斷垣殘壁的廢墟裡充斥了不幸罹難者的分離屍塊，假如我真的必須到重災區救災，搬運大體應該是免不了的工作，可是我真的有心理準備了嗎？

我還不及細想，奔馳的卡車已經把我嚇壞了。大哥自從踩了第一下油門後，簡直是飆仔上身，完全不顧他開的是超過三十噸的大卡車，開始橫衝直撞，以超高速行駛在台北市的街頭。

我沒有誇張，他簡直是火戰車的開法！

他的開法是往前衝！然後一路按喇叭，所有遇到他的車都要閃開退讓。

大哥這是救災專車不是救護車啊！

是的，這時候就是粉紅色Ａ４紙發揮聖旨般功用的時候了。「救災專車」這幾個字好像警車燈一樣，所有的車要開道避讓不說，紅燈照樣高速闖過去不說，警察看到我們還主動幫我們開道，把所有車攔下來就為了讓我們過去！而我必須說，這一切的過程，我坐的卡車從未減速，我坐著三十噸的龐然大物在台北市馬路上以將近一百的時速狂飆，卡車的座位又居高臨下，我想這輩子再也沒有這麼拉風的時刻了。

我們很快地上了國道，此時的國道真的像災難片一樣完全塞死，可是，大哥不愧是大哥，他完全不受影響，油門一催，直接走路肩！（是的，還是完全沒有減速）而且最外側車道的車，一看見我們是救災專車也主動避讓，國道警察發現，也主動為我們開道，這粉紅色的Ａ４紙簡直跟媽祖神像或是寬恒黃馬褂一樣無敵啊！

我不知道大哥開卡車開多少年了，我只知道他簡直是駕駛三十噸巨大卡車的藝術家。許多因塞車窄到不行的車道，他毫不減速就衝過去；許多幾乎是不可能的寬度，他可以瞄得準準、輕巧快速的穿越，然後以極高的時速在高速公路車陣中來去自如，我幾乎嚇得臉色發白，心裡想著我該不會是這場大地震裡少數因為趕著救災出車禍身亡的罹難者吧……

就在天色幾乎要全黑的時候，我們已經離開了國道駛入了中投公路。因為電力未搶通，路上是全黑的，而且幾乎沒什麼車。大哥依然絲毫未減速地飆行著，但是我驚嚇太久已經沒感覺了，只看到周圍一片黑暗，顯得陰森而肅殺。我後來想想，那黑暗公路的詭異之處，是天空沒有半隻飛鳥，簡直是毫無生命跡象的災變現場。

突然間，大哥減速了！

減速了！大哥！台北市的交通與國道的擁塞從來不曾讓他絲毫停頓、連眉頭都不皺一下的大哥，在這裡減速了！

接下來我看見了此生永難忘懷的震撼畫面。

暗黑淒涼的荒山中、孤獨的中投公路，有一整段路面呈現半圓形的崩垮，就好像餅乾被咬了一口，只是被咬的那個半圓，路面已經完全的消失。

因為那個消失的半圓，整條公路在最窄處只剩下一個車道，大哥開始以慢速慢慢通過那個僅存而且顫顫巍巍的瘦弱車道。我知道大哥減速的原因不在於害怕瞄不準車輪會跑出去，之前再窄的車道他眼睛眨都不眨就快速通過了，我知道他擔心的是僅剩的高架橋支撐的路面，可能會撐不住三十噸重的卡車，那我們可能就要粉身碎骨葬送在這黑暗陰翳的山谷裡。

當卡車慢慢行過車道最窄之處，我簡直要屏息，貼著車窗看到離我一吋之遙就是萬丈峭壁，黑暗中我可以看見垂直幾百公尺之下的溪谷，車燈照射進的無垠黑暗中，似乎可以隱約看見大量崩坍的山壁。這片被中台灣的陽光雨水、高山雪水所滋養的大地，此刻受了重傷、肚破腸流。

過了這段險路後，越深入南投，路況愈來愈糟，車道上布滿大坑洞、隨處可見斷裂的斷層，四周始終一片黑暗而且毫無生機，在經過了不知多少的路程，終於大哥開進了埔里。

但是，我們幾乎無法進入市區，據說埔里受創太慘重，所以所有的救援車輛都進不去，我們只能把車開進小學的操場，那裡是臨時的安置中心，有簡易的發電裝置和整個災區路途上非常罕見的燈光；已經有許多物資囤放在操場，還可以見到救難直昇機在操場升降——那是我所能見到的，這片巨大的土地傷痛、生靈塗炭的災難巨像中，一個小小的拼圖。

我跟大哥把卡車上的物資一一卸下堆在操場中央後，就被指示要儘快離開，可能是因為災區交通受阻、資源有限，我們留下來也只是消耗物資，所以我在埔里幾乎停留不到半小時，卡車就已經卸下所有救援物資再度上路。

在回程的路上，老實說我的心情是鬆了一口氣的，因為以我當時的心理素質，我是真的沒有辦法去面對搬運大體、目睹屍塊那樣的心理衝擊。我的孬種也對比出了那些站在第一線徒手開挖、運送大體、撿拾拼湊屍塊的消防、救護、醫療人員他們強大的心理素質，我真的完全比不上他們，我只是個沒用的大學生。「百無一用是書生」這句話真是天殺的懇切。

車子回到台北時，已經接近凌晨，大哥載我回到市府廣場，很帥氣的就走了。我回到我停機車的地方騎車回家。九月二十一日，從凌晨一點四十七分的巨震開始，到次日凌晨我拖著疲憊的身軀上床睡覺為止，那是好漫長的一天。

這就是我的九二一。

一九九九年九月二十一日這天，我的完整經歷。

九二一已經過去二十一年了，但是它沒有遠去，它一直活在我們這代人的記憶裡，被反覆論述著，這是我之所以寫下這篇文章的原因。每一個經歷過那一天的人，都有一個屬於他的回憶。

ＮＨＫ晨間劇《小海女》裡面講到三一一，夏婆婆是這樣說的：「我們每天都從大海攫取我們想要的東西，大海當然也會討回去，沒有一直只為我們所用的道理。住在大海旁邊，就要理解接受大海的一切，不管是溫柔的或是殘酷的一面。」

我們住在這個多山的島嶼上，接受著它的一切恩惠，也就應該理解，它也有脾氣不好的一面。就因為大地震總是在不知不覺間時時刻刻皆有可能降臨，我們只能用謙卑謹慎的心，去面對滋養我們的土地。

你的九二一又是怎樣過的呢？

告別青春

怎麼說這都可以是一整個城市的事。
怎麼說這都可以是一整個時代的事。
但怎麼說，對我來說這就是我一個人的事。
我一個人的青春、我一個人的書店。

包裹著我的小學的魔幻時光，扭曲著奇怪的光暈的中華商場消失了。
承載著我的青春綺夢、高中及大學的神祕探索經驗的光華商場也消失了。
現在，收留了我的青春、我的過往、我的知識養分的誠品敦南店也消失了。
假如有一天公館與師大路還有政大都消失了，我就不曾在這世上活過了。

這個城市的薄情，與住民自己想像建構的濃厚人情味，總是那樣刻薄地恰恰相反。

一次又一次當我自白我在這個城市長大，總有一種近似黨國餘孽後裔一般的羞恥感。

當我整裝好騎著腳踏車回到那個再熟悉不過的地點，一切都叫我意外。

已經過了十二點，末班的捷運都開走了，但這裡卻熱鬧得很。外面有許多人在彈吉他唱歌，入口處正在進行管制，長長的人龍一路排到安和路上。

我突然間想到翡冷翠的聖母百花大教堂。

那種很複雜的心情，很難三言兩語帶過。簡單地說大概是，你認識了數十年的老友，你心靈中的重要歸屬，當你有一天存夠了錢去看他，他卻被數以百計討人厭的庸俗肉袋給圍住，簡直像是瞻仰教宗。

某種程度上來說，在你的世界裡，他是屬於你的。但實際上並不是。你一點也不特別。

此刻這個聖堂被數以千百計俗不可耐的觀光客包圍，而你就是其中之一。你跟其他人並沒有什麼不同。

這種感覺總是叫我又怒又羞又憤又悶。

承認吧！這裡現在是一個觀光景點。因為他二十四小時後要關閉了，它現在得到了最多人的關注與疼愛。因為它將死亡，所以人們像蒼蠅聞到死屍一般地聚將過來。彷彿是一場荒謬的食腐慶典。

而你也是為了這個理由而來的不是嗎？你跟他們根本沒有什麼不同。

這個神殿擅長塑造菁英，塑造神，它要人們頂禮膜拜。比如說今天二十四小時內的馬拉松演講，裡面又是一些被揀選的菁英。

你氣惱。你從來不是菁英，二十年前如此，現在也如此。你在神殿外徘徊了那麼久，還是那個看熱鬧的信眾。

你最氣的還是你自己。

有一個下午，你和高中的社團同學一起去找已經考上大學的學長。在學長的租屋處小小的房間裡，大家七嘴八舌互相嘴砲的時候，學長關注的電視上開始直播了，是一整個管弦樂團，在封了路的安和路上演奏，背景是敦化南路安全島上鬱鬱蔥蔥的樟樹綠茵成蔭。

很久以後你才知道，那一次的音樂會是為了一座書局的誕生，或者更精確地說，是死而復生。

但你當時什麼都不知道，你才正要離開高中。

你開始念大學了，你的交友圈變了、你感興趣的東西變了、周圍的同學談論的話題也變了。那些話題，不再是高中男校講來講去的籃球、漫畫、A片、NBA季後賽。現在的話題變成了藝術電影、搖滾樂、後現代主義還有馬克思主義。

你超遜的。你沒有一樣搭得上話，你超遜的。

那一次的文選課，有同學的報告主題是誠品書店，你喔喔喔點頭稱是，但心裡根本就不知道那是什麼東西。不懂先裝懂再說，你在心裡這樣告誡著自己，然後同學問起有人知道誠品書店的英文是什麼意思嗎？

「誠品？難不成是champion嗎？」你自以為幽默地大笑。

「是Eslite。也就是英文elite 的法文版古語，中間的s不發音。」同學閃過了一秒奇妙的神色，然後還是不失禮貌地解釋完。

你知道完了。這個問題徹底地宣判界定你不是elite。

上大學通學的日子裡，你每天從松山區騎車去政大，把自己搞得累得要死然後再騎車回家。大三升大四的暑假，你去東區的廣告製片公司實習，那是一九九九年的夏天。

在那個雖然有網路但是頻寬不寬、傳輸速度也慢、網路上東西也少的時代，每一次要做提案的 reference，你跟帶你的製片就得要徹夜在敦南誠品找資料。也是在那個時候，你發現敦南誠品從那一年起開始試辦二十四小時營業。

這簡直就是一座綠洲，對一個每天都要搞到七晚八晚才回家的大學生來說。從那時候起，你每天就算十點十一點才從政大回家，還是要順路去那裡看書，看到半夜再回去。

深夜的誠品敦南店，跟白天很不一樣。

白天像個喧鬧的觀光菜市場的情景，到了半夜十二點多以後就逐漸靜了下來，只剩下音響放的巴哈無伴奏大提琴奏鳴曲。

過了兩點以後，通常整個書店只剩下寥寥數人，每個人都像安靜的遊魂，對愛書人來說，這是最理想的時刻。

仔細想想，大四跟故意留下來的大五那年，說不定也是大學生活中最理想的兩年。你終於推開了那些過去把你填滿的社團、打工、拍片、活動、電台……那些有的沒的東西；只去聽想聽的課、只看想看的書、想看的電影。白天泡在總圖、半夜泡在誠品，享受純粹，純粹把自己泡在知識裡這件事情。

你不是那個蠢大一了。你排金馬影展大拜拜、努力看名片，你去旁聽一堆哲學系的課，也開始讀社會學與心理學，還有建築史、藝術史……一大堆你讀起來不知道要幹嘛但你發自內心感到快樂的知識。你每天去唱片行，沒錢買唱片的時候就把每張CD的側標內容都拿出來默背，一邊偷聽宇宙城唱片的老闆武璋跟客人的聊天，一邊筆記最近很有趣的團。

後來誠品音樂館開在台大店附近，那大概是你生活中最如魚得水的時間，你去聽馬世芳講 Bob Dylan 那場最經典的 Albert Hall 錄音實況、或是 John Lennon 生命中的最後十年的故事，那是一九九九到二〇〇〇年，台灣國語流行唱片市場在隔年崩潰之前最好的時光。

後來台大的誠品音樂收掉了，音樂館回到了敦南店，武璋也收掉了宇宙城，去當音樂館的店長了。然後大家慢慢不買唱片了。

又在很多年後的某一天，你突然發現在網路上隨便點選哪個人的名字你就能聽到他們的歌。你在一瞬間有種複雜的感覺。不管他是 Cocteau Twins 還是 Real

McCoy、Suzanne Vega又或是Creedence Clearwater Revival，都是那些你當年買不起只好狂背側標文字，但你從來沒有聽過他們的音樂，那些包著膜被供起來的神。

大體而言青春時期卯足全力所追求的事物、花去的精力，總是會在中年的某一天以一種荒誕的方式像迴力鏢一樣回來打你的臉。因為那個感受總是太荒謬，就算你現在遇到了當年那個青春的自己，你也很難用「好」、「不好」、「對」、「不對」去跟他說什麼。

反正講了他也不懂。

有一天深夜你又踏上敦南店二樓的樓梯，然後發現他正在徵大夜班店員。這不是很好嗎？你需要錢，買一支手機。你人生中的第一支手機。那是二〇〇〇年，根據那年的調查，台灣的手機持有率超過百分之百，也就是有許多人持有不只一支手機，而你大概是全島最後百分之十還沒有手機的人。連早上在公園運動的阿公都在講手機了，你這樣不是辦法。

而且重點是，那個時間你本來就是待在書店裡。

大夜的排班時間從晚上十點半到隔天凌晨兩點半，總共四小時。

在這四小時中又可以再略分一半。前兩個小時在打仗，後兩個小時就比較閒。

十點半的時候，我們到各個結帳收銀機前去跟晚班的同事交班，那時候其實也是戰況最激烈的時候。因為樓下的商場只開到十點，所以十點以後各樓層的客人就會如潮水般湧入二樓書店徹底擠爆，在十點到十二點之間，四台收銀機每一台排隊的人龍都會排到十來個以上。

我做過東區百貨公司有名的麵包店，一天結帳金額超過二十萬，所以那種在大排長龍的客人面前冷靜地包裝、招呼、打收銀這種事難不倒我。比較麻煩的是刷卡，因為在晚上的結帳尖峰時間銀行交換機常常連不上，我們就必須要沉得住氣，冷靜地判斷什麼事可以先做，不要讓後面的客人久等。

這樣的人龍大概會在十二點到一點之間慢慢地被消化完，過了一點之後，人漸漸少了，我們就一邊整理剛剛大戰中弄亂的刷卡單、或是補紙袋、或是用一根鉛筆捲發票。同事們也才開始有機會閒聊。

而在夜間的客人中有一種非常明顯，就是來自香港與中國大陸的客人。

我猜想他們一天的台北行程，通常是白天先去故宮、龍山寺那些名勝，傍晚去忠烈祠看降旗，晚上去士林夜市，十點以後導遊跟領隊就會把團直接帶到書店門口解散，然後要買書的人就自己叫車回飯店。

這些來自香港與中國大陸的朋友，通常是買到不手軟的那種。因為對香港朋友來說，誠品書店是繁體中文字世界裡能買到最多書種、最多版本的地方（當時還沒有網路書店）；而對中國大陸的朋友來說，這裡有太多他們在大陸根本不可能看到的書，甚至連簡體書也是。

所以這些真正的大戶，常常結帳是兩三個籃子滿滿的書直接放上來，而且我們店員一看就知，馬上就問需要直接打包郵寄嗎？然後在貨單上寫下這些幸福的書即將搬去的新家的住址：銅鑼灣、旺角、深圳、閔行區、昆山、東莞、天津、青島或是北京。

是的，有很長的一段時間，二十四小時的誠品就這樣扮演著這座城市最體面的門面。他是我們這個國家、這座城市所能端出來呈獻給其他地方的華人，甚至我們的亞洲近鄰所能端詳、想望，一個最接近台灣人精神氣質或是台北城市靈魂的代表。

不像故宮展出的是一個讓我們的自我認同產生困惑的昔日帝國軀殼、不像忠烈祠的軍事演示是舊日黨國體制強人統治的威權餘韻、不像士林夜市完全是填飽口腹之慾的喧鬧集會；這裡是一家書店，一家香港、上海、東京、首爾都沒有的，獨一無二的書店。

可能是因為我在誠品工作過，以及我後來又在101展望台工作過的原因（吾少也賤至今也賤故多能鄙事），除了發展出一眼就能區辨對方是日本人、韓國人、中國人、香港人、新加坡人的能力之外，我有很多機會，透過他們的雙眼、他們的語言、他們的舉止，確認在他們心中的台灣，以及台北，是什麼樣貌。

曾經我們像是北韓的鎖國鄉巴佬一樣又窮又沒見過世面，然後我們是戴著勞力士金錶開賓士打開車窗吐檳榔汁的沒品田僑仔暴發戶；後來我們慢慢學習趕上國際的腳步、慢慢學習富而好禮。又後來我們不富了，但是有禮貌、有氣質、有學養的形象慢慢建立了起來。

我們走出了一條跟中國人與香港人都不一樣的華人形象。我們也走出了一條跟日本人、韓國人都不一樣的亞洲人形象。

我當然不認為一家書店就可以催生這個漫長的過程。但是一家書店是一座堡壘與象徵，他一直在提醒台灣人生活不是只有填飽肚子，這世界上還有許多比

「能當飯吃嗎？」更重要的價值。

也在那個特殊的時空裡，我見到了所有人。各種意義上的，有頭有臉有名氣的人。

也可以說，那時候全台灣所有的名人，都集合在深夜的誠品裡。

當然這是有原因的，在螢光幕前工作的人，大概都要到深夜才工作結束，而且名氣太盛不想張揚的人，也只有在深夜才能出來透口氣。而放眼整座城市，除了喧鬧的夜店，這裡是透氣最好的選擇。

遇見明星要算是最尋常的，我見過當時還在一起的黃子佼與小S、大S一起來結帳，也遇過當時還未離異的黃韻玲、沈光遠一同結帳，當時身為店員我反射性地問：「一起嗎？」黃韻玲還調皮地看著沈光遠說：「嗯？我們有一起嗎？」

我也遇過低調的黃連煜，透過刷卡我才知道是本人，而且本人意外長得很高。我也見過穿著隨興的順子（我有點懷疑年輕人有聽過順子嗎？）在結帳櫃檯前偶遇外國友人開心地擁抱然後用英文與友人大聊。

但除了明星以外，其實文化界各領域的菁英，才是當時工作的奇遇中最叫我開眼界的。音樂界的、出版界的、建築界的、戲劇界的、電影圈的、策展圈的、雜誌圈的、樂評圈的，那些你當年在書上、各個活動手冊、《破報》、文化誌、唱片側標見過名字的菁英們，他們的名字寫在刷卡單上，你壓抑著心中的激動，一邊正常地結帳刷卡、一邊確認眼前的人跟你印象中的一不一樣。

拜那好幾個月的誠品經驗，我後來再遇到任何領域的名人時，都能非常地冷靜。即便是幾個月前第一次近距離見到吳明益老師的時候也是，雖然當時腦袋裡有一百個海綿寶寶在狂奔，但我表面還是鎮靜從容地跟老師對答，還真是要感謝誠品讓我成為一個見過世面的大人啊（撥頭髮）。

撇開見到名人真面目這種虛華的滿足，我在那快速成長的幾年經歷了所謂的「見過世面」，更精確地說是「知道各領域裡面最傑出的人，做了什麼了不起的事，把那個領域帶到了什麼地方」。

敦南店在洗手間入口旁邊有一張桌子，上面總是擺滿了各類免費的藝文資訊與宣傳單。我那時候瘋狂地收集著各種印刷精美的活動宣傳、電影明信片。雖然沒錢去看戲卻知道有林奕華這樣一直帶著劇場界往前到不可思議的境界的人；只能看雲門免費戶外場，卻能感受雲門每一次的突破，想要走到哪裡。知道阮慶岳把建築的概念帶到一個純粹理念的向度，理解姚瑞中每一個看似戲謔嘲諷的展出背後的宏大意圖。

那些在各領域閃閃發光的人，他們都不知道自己的作品可以走到哪裡，但是他們只管一直向前衝，沒有要等落後的人。

那就是elite這個字的具體指涉，在組合成「我們」的這個巨大群體裡，絕大多數的成分平庸無味，只有那承接上天應許的一小撮人，用他們的才華與智慧，餵養了一整個世代的養分，構築了這個集團共同體的上層結構——那些一個文化裡真正值得被保留與傳頌的部分。

這個想法好危險。一走岔了就上了法西斯的列車。因為好危險，所以好有魅力。所有那些標註著elite的制度、圍繞著elite的討論，都帶著宗教般的光環。

某種程度來說，這個由少數的elite構建、維持著elite的形象，也確實會有許多elite來消費的書店／神殿／方尖碑，也就適切地扮演著晚期資本主義時代的拜物教聖殿，膜拜一種菁英造神的宗教化偶像。

某種程度來說，我也是虔誠的信徒之一。

但我必須很誠實地招認，我是很糟糕的信徒。

在資本主義的拜物邏輯裡，消費是救贖的手段。那比較起來，我就是那個贖罪券買太少的心虛信徒。

從這家書店開始出現在我生命中，我走進去看書的時間，從一九九六年下半年開始到現在二十四年，我走進去的次數不下千次，待在裡面的時間上千小時，看過上千本書。那些我看過的書，化為我所整合的知識，那些我寫文章時信手捻來的小故事、冷知識；那些在我碩士班、博士班求學時，知識基礎奠基時期與知識論產生語言學轉向的重大時期，陪伴我的諸多西方諸子大家，甚至是我在寫博論時期，要嘛是瘋狂查找論文相關資料、要嘛是為了逃避論文大看一堆完全無關的東西（教授對不起），那些養分深深滋養了我。

我生命中絕大多數滋養我的養分，都是來自這家書店的賜予，那是他的寬容大度與慷慨，一如創辦人吳清友先生的個人特質。

但我的回饋非常有限。

我人生真正開始賺錢的時間也就這兩三年，為了有所回饋，我開始在誠品買書，我知道網路書店絕對可以有更低的折扣，但這只是我能做的非常有限的回報。

吳清友先生過世後，繼承者吳旻潔有了與父親不同的經營方針。我也知道今年（二〇二〇）內誠品會陸續收掉非常多分店。

我明白實體書店經營不是請客吃飯，這幾年來目睹誠品每家分店都必須像是割地一樣逐步減少書店的賣場比例，一塊一塊地分出去賣精油、賣鍋具、賣家具、賣設計精品。

我知道吳清友時期展店太急，許多地方分店每天開店營業就是燒錢，文化事業雖然有崇高的公共精神理念，是可貴的城市之光；但這個光，每天就要燒掉很多錢。

我也許是年過四十還是試圖勉力維持著左派價值的腐儒，但是我完全可以理解資本主義世界的運作規則。企業要生存，要有隨著時代靈活應變的本事，那麼檢討現行的展店數量自然也是合理的考量。說實在的，誠品給予市民與讀者的東西太多，而他其實並不欠我們什麼。

起碼對我來說，我欠這家書店太多。

但對誠品來說，我誰也不是。我至今所能回饋的消費根本九牛一毛。特別是elite這個高舉的標誌之下，我完全無涉。

在那塊閱讀區的大理石桌旁，我聽著李明璁的演講、林立青的分享、看著謝哲青在這裡拍片回憶他成名前的誠品時光。深夜坐在這張大理石閱讀桌邊看書時，我總是幻想著有一天也許我會出書，也許我也會像高中進士回鄉打開孔廟前萬仞宮牆的得意書生一般，風風光光八人大轎地回到這個心靈故鄉來演講。

但這一切不會發生了。二十四小時後，這塊大理石桌、連同這家店、這個永恆的空間，都要一起消失了。

這尤其叫我感傷。

我終於慢慢明白了今天踏進店裡那個複雜的情緒，又怒又羞又憤又悶，還有無以名狀的情緒。

我始終沒有進到那個被圈起來的elite小圈圈裡面，而我又討厭跟其他的信眾站在一起，承認我沒有才華又粗俗。

我還是那個彆扭的大學生啊。

這是一間二十四小時開給所有人的書店。二十四年來他象徵著台北不滅的城市之光。

這家書店的故事怎麼說都可以是一整個城市的事。

怎麼說都可以是一整個時代的事。

但對我來說，這就是我一個人的事。

我是來道別的，跟其他人沒有關係。

我冷靜下來，這樣告訴自己。

擠得跟菜市場一樣的人潮，在演講會場區裡面被圈選的菁英與台下的信眾，看起來就是湊熱鬧以前根本沒來過的觀光客，此刻都跟我沒有關係了。

我決定好好跟他道別。

好好把每一個角落，都再重新走一次、看一次，好好記得他本來的樣子。

每一個我曾經坐過的角落，現在都擠滿了人。

我想起了離開杜布羅夫尼克的那一天，在荒誕喧鬧的史特拉敦大街上，我拖著行李避開人潮獨行，在走出派勒城門之前，我回頭望了她最後一眼。感謝她曾經以溫柔包裹了我。

我走到紀念吳清友先生的牆面，旁邊貼著許多這幾天來進行最後拜訪的訪客們的留言，寫在杯墊型的紙片上。

我第一眼就看見這一句。

「謝謝你曾經收留我。」

原來是這樣。完完全全道盡了二十多年來這家書店與我的關係。

在半夜兩三點的時候，被巴哈無伴奏大提琴協奏曲催眠到坐在書店角落，捧著書打瞌睡的我。

被他溫柔地收容。

謝謝你。謝謝你包容了我。

後來我從瞌睡中驚醒，走出誠品大門，騎車回家。夏天的清晨東方泛起魚肚白，我用ＣＤ播放著《還是會寂寞》的專輯，慢慢沉沉睡去的早晨。

那個永恆的二〇〇〇年的夏日。

再見了，我的青春。

謝謝。再見。

靈與識

從大學到研究所的階段，大致上認識了西方主流知識論中對於世上各種學問的分野，主要分為自然科學、社會科學與人文學科這三大學門（本文不是知識論課堂所以暫且不詳細介紹了），簡單地說，三大學門含括了所有人類目前已經發展十數世紀或是新興崛起，甚至尚未誕生的各種知識學門。

知識的存在，有非常實際的目的，它用來解決我們日常生活裡各種難題，從「紅包應該包多少」到「癌症究竟有沒有解藥」等等各種領域不一而足。在二十一世紀的此刻，絕大多數的知識，在此刻晚期資本主義架構的國際秩序所支配的社會裡，有非常細密的劃分，而每個學門與知識領域的最尖端創見，則由該領域的學術社群裡的菁英所共同創造。

不過我想談的是，這世界上極大多數的知識，其目的都是為了探索「此時此地我們」而存在，即便是非常理論與抽象的學術發展，它仍然有為了指導最先進的技術突破或是為了創造更永續的環境、創造更快樂多元的社會等等很實用的目標而存在。我們追求知識的目的就是為了瞭解現世，讓我們的世界變得更像是我們想要的樣子。即便是諾貝爾獎等等的學術肯定，基本上也是服膺這樣的價值。

不過在每個知識領域裡，都還是會有這樣的人，他想學習、研究與瞭解的，並不是為了非常實用或偉大的旨趣，他只是純粹想瞭解而已，或者，他只是好奇。而這些人，往往是在這特定的學門範疇裡，很有可能做出重大突破的人。

我是一個平凡的人，勉強算是學術圈的一員，到目前為止對於這個世界的知識進展，不曾有任何貢獻；不過我很明白一件事：我喜歡知識，有很大的原因是，它可以讓我更瞭解這個「此時此地我們所在的」世界；而在更多時候，知識對我來說，是遠離這個此時此地的媒介。

在這個世界上，有一些特定的學問，他想探索的尺度遠遠超越於我們生存的世界，而試圖去解答「宇宙的外面是什麼」或是「這世界最小的物質是什麼」這樣的問題。這可能屬於特定的物理學的範疇，而且我一直聽過一個很炫的名詞叫量子物理，可惜我至今沒有慧根，所以無法瞭解更多的內容。

另外一種學問試圖將探索的時間往回拉，拉到我們沒出生以前，甚至是我們這個物種都還沒出生以前，甚至這個星球。這些學問包含了歷史學、古生物學、地質學、地球科學，還有非常特定的物理學——研究世界的誕生。

這些尖端的學問，往往挑戰我們已知世界的範疇，也因為它們太過於逼近人類已知世界的邊界，以致於證據愈來愈少、誤差愈來愈大；可信的基礎越少、懷疑的空間越大。於是，科學在這裡愈來愈難以使力；相對的，想像力則變得愈來愈重要。至於「直觀」，這個與理性邏輯思考無涉的東西，卻在這個領域裡開始接收理性科學鞭長莫及的疆域。

我一直有一種感覺，探索世界上最大的東西，最後的答案會回到最小的東西身上；想像最遠的未來的樣貌，答案往往在最古老的東西裡。這樣的循環，非常有可能就是這個世界的恆定法則，當然，這一切只是我的想像，我這個高一物理差點被當的人，一點像樣的證據都拿不出來。

我只是就是會這樣想。

探索空間，我們終究會在最抽象的階段，問自己我們究竟如何感受、想像與理解空間；探索時間，我們要回溯記憶、經驗，而後又是問自己我們如何建立「時間」這樣的抽象觀念。

因此對我而言，探索至大至小、窮究遠古未來，這些思考都是向外探索的，我也認為，最後這些答案，我們只有往內在探索，或許能獲得啟發。

內在探索這件事，也就是將思考、觀察與研究的對象，設定在「我們自己做為思考主體」這件事，或者，換個名字，對象是「我們的心智」。自古至今，這樣的學問也不曾少過，具有科學基礎的包含心理學、神經與腦科學，也包含與科學方法無涉的哲學、神學與美學。

這些學問大多聽起來煞有其事又很遙遠，但實際上內在探索這件事我們每天都在做。

我永遠記得我還是個小孩的某一天，我忽然很想知道「宇宙的外面是什麼」，差不多在同時期，我每天都在想「我究竟是如何來到這世界的？我為何活著？」我指的不是性教育的問題，雖然這問題也困擾我一陣子不過長大了終究會得到解答，我的疑問是「我為什麼有意識？意識到自己活著、這意識從何而來？由誰賦予？我來這裡之前我又在哪裡？」

很多我成長時既存的知識給我解答，性教育固然說明了人體誕生的物理基礎，但是它不能解答「我為何會有意識」，至於宗教的天堂地獄說、輪迴論，我小時候本來很相信，但越長大越發覺這樣的說法破綻什多，我終究無法接受。

大約在某個階段，我已經告訴自己這些問題應該窮盡一生也無法獲得解答，但生活還是得過下去，我只能保留這個大哉問於心中，繼續過我的日子。

我明白我們終究會死，這是這個世界能持續運轉的重要鐵律，但假如我們來世上走一遭，一切終究會結束，我們為什麼不像其他的生物用本能過一生就好？我們為什麼會思考、會想像、會害怕、會懷疑，甚至，會去愛？比起生物建立在交配與養育下一代的本能上的愛，人類的愛實在是複雜太多了不是嗎？我們又為什麼要感受這一切呢？

後面這個問題人們通常不是訴諸哲學，而是訴諸宗教，而在感受極端強烈的時候，人們會創作。

這又引發了另一個問題。

為什麼我們會審美？為什麼把不同頻率的音波刻意排列以後，我們會感受到音樂的美與感動？為什麼美可以給我們生存與救贖的勇氣？可以讓我們貼近或遠離死亡？為什麼美可以成為支撐我們信念的力量，為什麼這世界有比生物本能更高的價值，值得我們有意識地為它而死？

這些我在小學與國中時期可能每天反覆問自己而百思不得其解的問題，坦白說至今年紀一把了仍然沒有答案，科學不會告訴我答案，哲學也無法；至於美學，回答問題不是美學的任務。

我至今所知道的，我只能籠統地說：我們會好奇、會思考、會學習，是因為我們有「識」；至於我們會感受、會喜悅、會悲傷、會去愛，是因為我們有「靈」（當然在腦科學裡有完全不同的解釋），靈與識，構成了我們所自認為我們的心智、我們的全部。

但至於那是什麼？由何而來？為何會有？我們又何去何從？這些問題，我想一生可能都沒有答案。

不過我還有剩下的人生可以去想。

人生的前半段，忙著探索世界；內在探索，也許會是我後半生的永恆主題。

雖然對於原因與狀態一切未明，不過能生而為人，擁有靈與識，真是一件感恩的事。

輯二

人生的第一份功課

我到後來才慢慢明白，我的家庭會缺少某些普通家庭有的東西，而多了一些其他家庭沒有的東西。那些東西大概就跟你天生長了角一樣，問為什麼是不會改變什麼的，你只有慢慢學習與它相處。

獸

二〇一六年的最後一天，我在爸爸的身旁度過。

爸爸患失智已經多年，時好時壞，每次我問他我是誰，他總露出一副「我當然知道你是誰」的表情，但又說不出來。

爸爸本來就有嚴重的重聽，這幾年牙齒掉得嚴重，於是一些最基本的問答，都已經變成雞同鴨講。說實在的，大多數的時候我都不知道他在說什麼。

因為臥病多年，爸爸全身都痛，他已經像個小孩，一痛就使盡全身力氣大喊，常常喊一整晚也不會停，問他哪裡不舒服也說不出，只是使勁地叫喊。

我在床邊問他，哪裡痛？哪裡不舒服？他沒答腔，眼光飄到我的周圍，像是看到了什麼，又指又大喊，彷彿有許多外來入侵者正在入侵我們這個脆弱的家庭。

指著衣櫃、指著吊掛的衣服、指著門外的暗處、指著天花板，他彷彿用盡力氣叫喊著，好像可以把什麼趕走。

我想起班雅明的《柏林童年》裡面有一篇，班雅明提到童年時期那些房間中的闇影，總是令他不安，那是幼年的他心中對死亡原型的想像。

我小時候也是如此，我理解害怕的感覺；這世界上沒有人比巨蟹座更能充分、完整、百分之百、繪聲繪影、3D4K5.1聲道、全息投影般地理解「恐懼」是什麼。

順帶一提，爸爸出生在民國十七年（一九二八年）農曆六月，也是巨蟹座。巨蟹座爸爸、巨蟹座兒子，全世界最孬的父子，我真驕傲。

我想起一個主意，用手機播放國劇（以政治正確來說，現在叫京劇，也不是我們的國劇了，請容我用我爸爸時代的詞彙來稱呼它吧），我選了《霸王別姬》，我知道我爸喜歡《四進士》或是《四郎探母》，但找不到，好歹這一齣劇情我挺清楚，就選這個吧！

聽媽媽說，爸爸以前很愛聽戲唱戲，心情好的時候都會哼兩句。

小時候，我最深的記憶是爸爸會拿免費的票到國軍文藝中心看戲，有時有多的票也會帶我去，但我只是貪圖隔壁福利中心賣的甜筒，那戲演什麼我是完全不懂的。

以前每逢週日的下午，中視與華視會播「國劇大展」，每當胡琴與敲擊樂吭吡吭吡響起，塗著大花臉的淨角喝出豪邁的唱功，就是媽媽把我們一個一個抓去洗澡的時候；是以我從小的記憶裡，聽到國劇就會立刻浮現花王洗髮精的味道，多年來沖洗不掉。

國劇的聲音響起，爸爸揮起手，「今天不要看戲了」，我好奇，「你不是喜歡的嗎？好歹今天聽聽戲吧……」爸爸接著說著不成話的話，我完全聽不懂，但他似乎沒有那麼神經緊繃了。

一段戲唱完了，我握著爸爸的手，爸爸似乎太過疲累，慢慢彌留，一眼半張一眼閉起，也不知是否睡了，一瞬間又緊張驚醒，指著某處大喊，就這樣重複許久，逐漸安靜。

我一直握著爸爸的手，看著爸爸。

有一段時間，爸爸半張開的眼神似乎看著我，但我不確定他到底有沒有看到我，一個是他半夢半醒、一個是視力退化，總之他的眼神看似一個沒有盡頭的孔洞。

對了，我沒有跟你說過，爸爸的眼珠顏色很淺，是介於淺咖啡與淺藍之間的顏色，小時候我還懷疑爸爸可能有洋人血統（當然誰小時候不會做這種蠢夢），其實我一直覺得爸爸的眼珠很漂亮，有時候，好比現在，凝望著爸爸的眼珠，運氣好可以看見一整個銀河，好像灑出去的五彩彈珠。

在那個近乎永恆的時間裡，我感覺到，爸爸是一隻溫柔的野獸。

好像我眼前凝望著的，不是一個擁有語言、擁有歷史，知道時間的概念，有著七情六欲的人類，就是一隻野獸，一隻只有單純本能的野獸。

好像我可以望見爸爸生命的本質，在他逐漸把人類的技能與外衣脫掉之後，回到生命很原始的狀態，一隻溫柔的野獸。

我想起會流淚的大象、在冰洋裡發出頻率搜索同伴的孤獨鯨魚、在雪地鑽洞的狐狸、有著憂傷眼神的海象、或是在高地上逡巡的狼、在懸崖邊挺立的山羌，或者只是我在路邊撫摸的貓。

爸爸的眼神，有一種訊息，我解讀得不是很清楚。

但我好像學會了另一種語言，有可能無法承載人類語言的複雜意義，卻可以用來傳達某些很清晰的事情，好比本能與直覺。

如果說二〇一六這一年，對我來說有什麼意義，那麼應該是，我的某部分的感應能力的覺知。

例如就在一天前，我明明確確地感受到，坐在我旁邊的人，她的腦波在很短的時間內，從煮沸的開水歸零，變成什麼也沒想。

我聽得見了。

以前我有一個能力，可以大致猜到一個人的腦袋，是複雜還是單純。現在我聽得見，有些人的腦袋很吵、有些人的腦袋很安靜。而且，因為我個人的主觀因素，我喜歡腦袋安靜的人。

我從來就不信新年願望，但昨天（二〇一六年十二月三十一日）決定的這件事，我卻非常非常清楚。

從今以後的未來，我也會一直去尋找腦袋安靜的人，並且設法與他們變成好朋友。

今年以前，我所有的努力都在成為一個理性思考的博學者；今年之後，我想轉向，成為一個更重視直覺、靈性與直觀的感覺者。

因為那是我本能的呼喚。

禮物

在這個世界上，會有跟子女說：「忍一時風平浪靜、退一步海闊天空。」警告子女千萬不要強出頭，只要安安分分過日子的父母。同時也會有跟子女說：「不管做什麼事，都要挺直腰桿，有尊嚴地過日子，這樣別人才不會看不起你。」的父母。

在這世上有教導子女「人生在世，錢夠用就好」、「你想賺得越多，結果你花得就越多」、「錢要省省地用，要量入為出」這樣知足節儉觀念的父母。也會有教導子女「想要花錢、就努力去賺」、「想要什麼、就努力去爭取」、「說服我為什麼要花這個錢，說服得了我就投資你」這樣從小培養積極開拓個性的父母。

當然，有教導子女「人最重要的原則就是誠實，不誠實的人一定會被唾棄」的父母；也有教導子女「不要死腦筋、做人要夠靈活，如果為了做好事，撒點小謊也不是什麼天大的錯」的父母。

即便上述的那些價值，都是相互對立的，但沒有什麼是錯的。父母告誡我們的話，多半是他一生深信不疑的價值，以及他曾經吃過苦頭、犯過錯誤，希望我們不要重蹈覆轍的事。

而我們在人格養成的時期，就被這樣的觀念與告誡形塑了我們待人處事的方法，還有與自己相處、爭辯時的參考範型。父母複製了一個迷你的人格，安插在我們的人格裡。我們時時會想，「我爸常說免費的是最貴的」、「我媽說漂亮的女孩都會騙你」，然後我們在成長過程裡半信半疑地去檢證那些父母的話。

或許我們遵從了；或許有人一輩子在逃離父母的控制；有人想盡辦法跟父母唱反調；有人甚至一生所做的一切只是為了激怒父母，或是跟父母證明什麼。無論如何，我們沒有辦法不受他們的影響。

我們無從選擇父母、就好像無從選擇自己的長相、體格、出身、家庭、國籍與膚色，這是我們降生到世上的禮物，不管你想不想要。

有人一生受到父母的庇蔭，有人順著父母的意安排他的人生，有人想出國父母可以供給，有人拍電影賣掉了祖厝。也有人生下來就沒父沒母（包含雙集合）、有人必須繼承父母的債務、有人的父母不但沒有盡到養育責任還毀了子女的一生。也有人把一生的失敗歸咎給父母，甚至，有人殺了自己的父母。

我們無從選擇父母；父母也無從選擇我們。跟父母相處，成為我們人生第一個功課，因此也影響了我們人生最久。

在我日常的觀察裡，東方社會的父母們在養育小孩時很難避免演變成兩種結果：一個是小孩的獄卒，動不動就威脅小孩說我數到三；一個是小孩的僕役，跟在屁股後面隨侍在側……

在歐洲旅行的時候我幾乎不會看到這樣的畫面，歐洲家庭總是全家人像一個團隊一樣彼此互動與陪伴，我指的是，這裡沒有權力地位的高低，而是決定去哪裡大家就高高興興地一起去，而不是累了就耍賴坐地大哭——當然小孩子一定會有情緒，但我沒有看過那種把小孩丟在原地甩頭就走的家長，或是小孩一哭就當成老佛爺伺候的家長，當然更不可能看到打罵。我猶記得在義大利自助旅行的四十天裡，唯一看到的一巴掌是來自一個帶著四個小孩的印度媽媽。

養小孩很辛苦，把小孩養成怎樣的大人，他們就怎樣地撐起我們的未來。我沒有資格站在輕鬆的外人角度隨意批評撐起一個家庭養育責任的父母們。

但我還是忍不住在想，做為一個亞洲華人儒教國家，我們這一代的父母們，有沒有辦法在教養的同時就一起輸出尊重與責任的概念——不要把小孩當成自己的附屬，也不要成為小孩的附屬。

讓小孩不管在幾歲、心智逐漸發展成熟的過程中，始終意識到自己是一個獨立的個體，靠著愛與信任、責任與包容跟名為家人的其他個體互動，並且與這個團隊的其他成員一起分享共同的價值緊密地互動；一旦有一天離開家後，他也會帶著家人送給他的禮物，正常而自然、不卑不亢地與他人互動。

我們與父母的緣分是如此濃稠，即便其中充滿了怨懟、不睦、衝突，甚至是恨；我們始終無法稀釋掉那些濃烈的情感羈絆，嬰兒時期的身體相連，幼兒時期的哺育，全然的愛的給予，人格中第一度親密關係的建立，愛與信任的產生，還有無數的溝通、協調、破裂與彌補，這些種種交織的異常深厚的緣分，即使在其中一方離開了這世界，也不會就此消失。

這也是人生的另外一個功課，學習到我們終將孤獨一人走向最後的旅程，學習向濃烈的羈絆告別，學習獨處。

有人獨處的功課做得好，在與人相處上就會很吃鱉；有人太習慣人際的簇擁，對獨處就特別害怕。人生就是如此，沒有人能夠面面俱到，每個人都有每個人必須面對的功課。而我們時常很難預料期末考的時間何時到來。

是以我總是徒勞地覺得：活著真的是一件挺累挺難的功課，你要不停找意義，還要想辦法過得快樂。而我甚至連我們這個族類對這個星球來說是不是場瘟疫都還不確定。

幽靈

在金庸的《倚天屠龍記》裡面，寫了各種各樣人與人的關係，其中有一段叫我印象深刻，始終纏繞在生命的藤蔓裡，常常拿出來回想。

那是一段三角戀情，武當六俠殷梨亭與峨嵋派女弟子紀曉芙互有好感，雖無婚約但暗中已有某種彼此認定的默契。後來曉芙被魔教楊逍所俘，做為人質的她竟然與楊逍日久生情，最後為他生了一個女兒。

最終，這段為武林不容的跨界畸戀使得曉芙被師父滅絕師太清理門戶。金庸特地寫出了這段悲劇之戀對照了主角無忌的父母，同樣跨越正派與魔教的結合、同樣悲劇收場。

在這段悲劇多年後，步入中年的殷梨亭第一次見到曉芙的女兒，她的樣子簡直就是當年的紀曉芙再世，教他不禁看傻了眼。然而這女孩一開口，就幾乎要了他的命。

「殷叔叔，我叫楊不悔，這是我娘給我起的名字。她說，和我爹一起生下我這件事她始終不後悔。」

殷梨亭大概需要花很長的時間去確認眼前這個少女，雖然就跟他朝思暮想的舊情人彷彿一個模子刻出來的，但是眼神裡又帶有那個他一輩子最恨的男人的成分。

「是這樣嗎……你娘……說她不後悔啊……」

他只能像是反覆確認這句話一般，好好地咀嚼他這輩子最愛的女人留給他的最後一個訊息。

我真的那麼不好嗎？有那麼不值嗎？我輸給魔教那廝這麼多嗎？

或許那男人風流倜儻、瀟灑成性，或許在禮教吃人的世界裡、在讓人窒息的峨眉派教規裡，那男人的目空一切與無拘無束成了一個絕望少女的救贖；又或許，他們有了肌膚之親，那給了她的身體與靈魂前所未有的解放。

當他們的靈魂交纏在一起達到心靈至福時，她決心為他生一個孩子。

這個孩子繼承了那個男人的姓，姓楊，一個讓人不共戴天的讎敵後裔。她的母親，則賜給她一個名字，彷彿用盡了全力一般，對這個吃人的世界吐出了一句快言快語。

我不後悔。

是嗎？即使這個心愛的女人，一輩子拒絕了我。在她身後還要藉由一個孩子把訊息留給我嗎？

他在女孩的臉上看見了情人的倔強。

「當你成為父母，你就成為孩子未來的幽靈。」電影《星際效應》如是說。

在《哈利波特：死神的聖物二》中，決定勇敢赴死的哈利看見父母都在身邊，莉莉跟他說「我們一直都在」，不知道當下他的心裡在想什麼，但我想真正愛你的父母會包容吧；即便是最不堪的時刻，父母的幽靈似乎也只能怔怔地望著你。

孩子繼承了父親（或母親）的姓，繼承了他們的眼睛、嘴角、手掌、骨架或眉形。孩子的言行舉止繼承了父母的教育與習慣，孩子的語言反射了父母的思考與價值。

最重要的，孩子毫無遺漏地承接了所有父母的愛與包容、傷害與陰影、衝突與壓力。繼承了所有父母的偉大與猥瑣、大方與小器、視野與偏見、崇拜與蔑視，反覆刻劃成一道道矛盾的情結與心鎖。

為什麼要生孩子呢？

孩子，是你存在在這世上唯一的證明。不論是你的眼睛、你的小動作、你的觀念價值或是你的壞習慣。在你離世之後，他將你的存在，轉化成他的生命密碼，糅合了他自己的苦澀矛盾、悲喜情結，又再轉化成了另一種全新組合的密碼，藉由他的孩子傳下去。

「人死前腦海閃過的最後一幕，是孩子的臉」，因為浮現了深愛的孩子，大腦會發揮生存的潛能，超越極限以求生存，那是一種保護的機制，也是生存的本能。生命有了後代，會變得更強韌，為了保護自己存在的證據，所以我們的求生意志更為強烈。

這是多麼奇妙的機制，那究竟是一種自私還是無私，界線已經模糊，只能用一種極為原始而強大的趨力去解釋，那就是愛。

愛是人類目前已知唯一可以不受時空向度限制而傳遞的訊息形式。

愛讓我們在每個時刻變得強大，卻又在某個特定的時刻決定成為孩子的幽靈，而放棄存續。

生存是以成為一種無以言喻之重。生存與延續，成為了一整個世代價值中最為優先重要的事。

我猜想，是因為我的父親那一代，總是伴隨著死亡在身邊絮絮叨叨地對他耳語吧，在長江邊、在海峽上、在基隆港、在金門嶼……父親的身邊，圍繞著多少個幽靈故人，在照看著他呢？

我能想像，承擔生命的重量是何等之重。

那麼承擔幽靈呢？

我想我可能永遠無法知道答案。

拼湊家庭

前一陣子我跟我媽在看新聞，看著新聞內容她忽然就說，那個周董跟昆凌差了十五歲耶，真的是有夠誇張。

我突然覺得哪裡不對。

「你跟爸不是差了十九歲嗎？」

「我那時候哪有得選？那種情況下還有人要已經很不錯了，還好你爸是個老實人。」

我五歲上幼稚園那年，我大致上已經懂很多事了，包括為什麼我們家這麼辛苦、為什麼爸爸媽媽要一早從新莊通車到很遠的中壢去上班，為什麼從我還沒懂事開始我就只能待在像是動物園一般，弱肉強食的非法無照民宅幼兒托育裡度過無聊悲慘的每一天。

幼稚園的某一天，那個沒什麼愛心、時常扮演我童年痛苦的來源之一、帶我們這些孩子的蕭阿姨突然把我叫過去。

「你年紀夠大了可以知道一些事情了。」她開始告訴我一些我原本以為不曾存在的事，一些解釋了我原本的簡單單純生活裡無法解釋的事。像是我大姊為什麼不是跟我一樣姓李；我大姊為什麼很晚才出現在我們家；或是我們家不管是我爸我媽還是我大姊常常因為某種我不知道的原因處在一個隨時都要引爆的高壓點上面。

真要說起來的話，我想這世界上可能很難找到比我爸我媽還要更小心謹慎的人。隨時檢查門窗有沒有關好鎖緊，檢查瓦斯電器，出門前一定要逐項檢查然後關燈鎖門，不管是存款還是各類貴重物品一律鎖好或是放在銀行，也當然不會讓我們小孩子多問。

很長一段時間裡我以為全世界的家庭的父母都是這樣謹慎的。

很多年以後我仔細想想才知道，那位大家口中單純耿直沉默不多話的小李、那位內向害羞話不多的卓小姐，他們都曾經有年少的幻想與美夢、有他們的狂狷年少，他們的青春息壤。

直到他們分別在二十多歲那年，一夜間沒有了國、一夜間沒有了家。他們失去了一切。

有一個少年從他出生的那一刻開始，為了活下去，他必須不停地逃。為了填飽肚子他去了教會，那裡有饅頭可以吃，然後日本人打過來了，他開始逃，年幼的他拉著媽媽的衣角跟著哥哥姐姐一起逃，然後他看見了長江。寬闊地看不到邊的長江，整條江水是紅的，上面布滿了屍體。

十八歲那年又是為了饅頭，他跟著姊夫從了軍。打從他在河南加入軍隊開始，這個軍隊收到的指令就是華北守不住了！快逃！

這一逃，逃到了金門。他在金門經歷了八二三天天砲彈像下雨的生活，就這麼下了好幾個月。然後輾轉到了台灣，他知道回不去了。

他再度逃了。逃離軍隊這個荒謬的組織。

他逃到了台北，住在後車站擁擠的閣樓宿舍裡，開起計程車，對於未來，他也不知道還能去哪裡。

有一個女孩國中畢業就去工廠當女工，賺的錢除了全部交給媽媽，就是努力半工半讀自己完成了高職夜間部的學歷。

然後在工廠同事的介紹下，他嫁給一個年輕人，婆家的人待他不錯，唯一的遺憾是老公結婚後沒有多久就得要去非洲的農耕隊工作。後來老公在非洲生了重病，勉強拖著病體回來，回來沒多久就過世了。

她在一夜之間失去了一切。那時她肚子裡的胎兒還沒出生。

一九七五年，台北市木柵一壽街。她去姑媽家養身散心療傷止痛。姑丈是個外省人、河北人，標準北方大漢，人高馬大、聲若洪鐘，但講得一口好台語。姑丈幫他介紹一個也是外省的光棍，人很老實就是木訥了點，還有，打光棍久了，年紀稍長了一點。

她算了算，兩個人相差十九歲。

「我其實沒什麼要求，只要不抽菸不喝酒不賭博，人老實，也就夠了。」

一九七五年十一月十二日，四十七歲的光棍娶了二十八歲的寡婦，席開兩桌，沒有誇張的宴席，一切從簡。

我到後來才慢慢明白，我的家庭會缺少某些普通家庭有的東西，而多了一些其他家庭沒有的東西。那些東西大概就跟你天生長了角一樣，問為什麼是不會改變什麼的，你只有慢慢學習與它相處。

多年後我在寫論文時找的文獻看到「一九四九年來台的外省籍軍人大多位居社經地位與教育水平的劣勢，因此在婚姻對象上也只能選擇像是原住民婦女、寡婦或是貧窮人家的女性，也有許多老兵是在開放探親以後才娶了大陸籍配偶」。

看到我所出身的家庭被這樣殘酷冷靜的文字放在手術台上面，我覺得被閹割掉的是跟我有關的一切。

這是我的家庭，沒有王子公主的神話與互許終身的海誓山盟，只有一條紅色的大江、一座海峽、一個黑暗大陸、一個遺腹子，還有兩桌酒席而已。

這是我在三年後非自願地被塞進這個時空以前，所發生的事。

中秋節快樂

中秋節前夕，下了班從指南山腳一路換乘各種交通工具抵達石牌軍艦岩山麓邊的醫學中心。

媽媽的左膝內側從幾個月前走路會隱隱作痛，雖然給中醫針灸過疼痛有舒緩，但是為了保險起見，還是掛了號來給骨科權威副院長看看。

媽媽特別交代，掛到了二百四十八號，大概會非常晚，所以儘管我八點才抵達醫院門診大樓，大約還是等了快一個小時。看著熱鬧的診間人愈來愈少，本來冷氣不算太冷到後來人少到開始覺得挺冷要穿外套，好不容易終於等到了我們的號碼。

副院長個性豪邁又俠氣，他依然記得我是以前的員工，也記得年初他為媽媽開的肩膀韌帶手術，先問候術後復健的狀況如何，媽媽很高興地報告說復健很順利，現在手舉高也沒問題。接著聽完媽媽的敘述、看完媽媽的膝蓋X光後就跟媽媽打強心針：軟骨有點磨損在這個年紀是正常，不需要擔心，維持復健跟保持運動，他打包票說再用十年都沒問題。

副院長開了簡單的消炎止痛藥後很帥氣頭也不回走了。聽說一切正常之後媽媽心上的大石頭放了下來，我們走到門診大樓一樓藥局去領藥。

幾乎已經是晚上九點，白天比菜市場還熱鬧的醫學中心第三門診大樓的一樓大廳，只剩等候掛號領藥的病患小貓兩三隻，燈也關了一半。此刻空曠幽暗的氣氛幾乎跟實驗劇場一模一樣。一樓藥局的櫃檯座位是空的，值班藥師不知去向，櫃檯上方的顯示號碼還沒到我們，我跟媽媽坐在稍遠的座椅區等候。

跟媽媽閒聊一會兒，有其他的病患去櫃檯領藥，我才發現值班藥師應該出現了，因為燈號顯示號碼沒有變，我跟媽媽說我去打聽看看我們的藥下來了沒有。

把領藥單遞給值班藥師，藥師是女生，看起來應該還沒三十歲，嗯，中秋節前一天還要值夜班櫃檯，我猜八成是最菜的吧！藥師看起來沒精打采地看著我遞給她的領藥單，一邊對著旁邊註記號碼的藥袋。我一邊注意到，有一位慢慢推著助步器緩緩前進的白髮老婦人慢慢朝這裡走過來，應該也是領藥。

這個老婦人我有印象，因為她跟我們同一個診間，也是掛骨科來看副院長的。在漫長的等待裡，我留意到骨科病患通常會行動不便，可是每次護理師出來呼喚病患的名字時，每個病患身邊幾乎都有親友作陪攙扶，而且病患大多數是老人，所以陪伴的幾乎都是子女；唯獨只有這個推著助步器緩慢前進的老婦人，身邊一個人都沒有。

我直接朝婦人走過去，問她是不是來領藥，我可以幫她把領藥單拿過去再幫她拿藥，她向我道謝。藥師看了領藥單後發現號碼還在我們前面，所以先整理好她的藥包請我拿給她。

我把藥包遞給她之後，忍不住問藥師：「需要跟她說藥的用量用法嗎？」

藥師對著櫃檯外的老婦人喊道：「藥怎麼用知不知道？」

老婦人答：「就是降血壓的藥對嗎？」

藥師說：「對，跟以前一樣，一天一次！」

老婦人說：「那我知道了。」

老婦人跟我道謝後，慢慢地將藥袋放進包包裡。於此同時，藥師也整理好了媽媽的藥袋，跟我交代：「飯後吃！一天一次，沒有痛就不要吃了。」

我複述一次：「飯後吃，一天一次，不痛了就停藥。」

我跟她道謝，然後加了一句：「中秋節快樂。」

藥師突然愣了一下，然後也微笑回我：「中秋節快樂。」

此時把藥包收好準備離開的老婦人也跟我說：「中秋節快樂！」我也微笑回覆她「中秋節快樂！」

人影冷冷清清、冷氣颼颼吹拂的第三門診大樓一樓大廳，此刻突然有一股溫馨的暖流。

我回到位子上像背書一樣交代媽媽：「飯後吃！一天一次，不痛就停藥。」

結果媽媽帶著饒富興味的表情跟我說：「我們真的是有心電感應……」

「……我剛剛坐在那裡看著那個老太太一步一步慢慢前進的時候，就忍不住想叫你去幫她拿藥單，結果我都還沒開口就看到你一個箭步衝過去幫她了，果然你是我生的兒子，聽到媽媽內心的聲音。」

我回她：「我也是你教的啊！應該說，就是因為我們是一家人，所以看到需要幫忙的人都有一樣的反應吧！這證明我真的是你兒子啊！」

我忍不住想像媽媽如果哪天在菜市場跟鄰居聊到我，大概會說：「我這個兒子啊！真的不太上進，做事不積極也沒什麼出息，唯一的長處，大概就是心地善良吧。」

輯三

帶著博士去流浪

師與生，是一種非常奇特的緣分，不似家人這般不能選擇又水火同源，相互折磨卻又唇齒相依。師生的緣分可以很疏離（坦白說大學都是如此），但是我們也可以選擇讓師生的緣分變得至關重要。

流浪博士

我有很多個身分，其中一個身分叫做流浪博士。

這個身分從我二〇一五年博士班畢業一直維持到現在。流浪的意思，從字面上直接瞭解，就是「沒有固定居所」。流浪博士的意思也可以依此類推，指的是「沒有找到正式教職，只能在很多學校當兼任流浪的博士」。

我博士畢業後，當過母校的博士後研究員，也為了心愛的母校X書院降級領「碩士級研究助理」的薪水，也做過完全不需要博士學歷的公務員。簡單地說，我沒有成為博士階段之後理當轉換的角色：大學專任助理教授。

可能我不優秀，可能我是土博士沒有喝過洋墨水，可能我研究發表太少……總而言之，十五年前為了大學教職而決定去念博士班，以結果論來說，還真是完全搞砸了呢。

但是我的運氣一直很好，總會有許多貴人老師給我機會（仔細想想我目前的人生都是靠貴人老師們的幫忙走過來的），所以這學期（二〇二〇年）我有了一個新身分，是北部某國立大學的兼任助理教授。

你或許會有點好奇，兼任助理教授薪水有多少？嗯，其實就是鐘點費，每小時七百三十元。

這個數字，我猜絕大多數的人，甚至包括學生，大概都不知道。俗話說「吃米不知米價」，但老實說學生真的也沒必要知道，那個在台上講到嘴角全泡的人，他到底實拿多少錢。

那個七百多元（零頭我就先去掉了，總之不會超過一杯珍奶），意思是你這學期如果開了一堂兩學分的課，那麼你這學期實拿的薪水就是：

學分數*週數*700

2*18*700=25,200

兩萬五千兩百元不是月薪喔！是這學期二月底到六月中之間，我實際拿到的薪水。

當然學校會付我車馬費，但是是實報實銷，我一毛錢也不會賺到，而是把這些錢拿去貢獻給交通業者（在這個疫情谷底中也算好事一樁）。

一堂課一小時七百，算是合理嗎？好，大概比便利商店與麥當勞多了一兩倍，但是；我的勞動不會只有在上課而已。

我每次去大學上課，往返要花四小時通勤。

我每一堂課上課前，我需要花幾個小時不等的時間來備課、製作教材。

我每一次下課後，學生只要來問我問題我就會留下來解答到學生滿意為止。

以這個禮拜為例，我花了兩個多小時說服一個學生不要再遇到問題就假裝沒事繞過去，要好好直面內心的傷痛與問題，好好與它對話，而對方的頑強與否定則好幾次令我都想要禱告呼叫任何一個可以得來速的神明了。但我又完全可以理解，畢竟我就是逃避與繞過問題二十多年堅決否定問題存在的高手。

然後我又花了兩小時陪另一個學生好好談話，試圖去理出為什麼他的生命中總是覺得自己不配遇到好事、得到好的對待，聽他說生命中每一個覺得這世界否定了自己的存在的時刻，然後陪他去解開每一個曾經糾纏的結，試圖找到最原初的問題癥結。

總之，四點下課，我回到家的時候已經超過十點。

當然這些我花去的時間，我是一毛錢也領不到的。

這種聊勝於無的金錢，絕對不可能支撐一個單純把教書視為一份工作的人。當賣滷味、做水電，賺的錢都狂電一個流浪博士的時候，還願意拿這種薪水做累人的教育工作的，就只能是因為真心喜歡教書了。

因為我真心喜歡教書，我真心喜歡我的學生；所以我真心看待每一個我所主持的課堂，以及坐在課堂裡的每一個人。那些心靈交流與信任，對我來說是品質很精純的時間流逝，是付出生命中一段時間的方式裡最寶貴的一種。

不過我也同意，這種超值的售後服務（？）並不是要求一個老師的共同標準。

一個教書的老師，跟做炸雞的攤商、重機具的操作員、公車司機、養鴨場的鴨農、交通警察、房屋仲介、清潔隊員、uber-eat外送員……或許也沒什麼太大的不同，他們都會有倦怠的時刻、想要放空的時候、看著眼前的對象（炸雞、生產線、打結的交通、鴨、雞掰客戶、垃圾……）感到厭煩，只剩下身體的勞動，或是在一天的情緒勞動後對自己徹底厭棄。

老師撇開了聖職的光環，都是一個一個正常的人，有喜怒哀樂、有弱點、會說謊、有時會做卑鄙的事、有時也看不起自己。

一個對教學沒有熱情的人可以當老師嗎？不行嗎？為什麼呢？

有一位拍過許多好電影、才華令我相當傾慕的導演，日前因為兼任講師的升等問題，覺得遭受了很大的汙辱，因而這個事件引發了熱烈的討論。

兼任教師存在的問題，我不陌生。我試著用最簡單的方式來解釋。

大學需要很多兼任老師，因為，學生沒課上。

學生沒課上，因為，專任老師的基本授課學分是一學期六到九學分（可能因校而異），但是行政主管職以及科技部研究、產學合作等等對學校有貢獻（要嘛帶錢進來要嘛為學校省錢）的老師可以減少授課；很多老師減到一學期三學分、甚至不需開課，當然一個系開不出什麼課，每堂課又有修課人數上限，導致一堆學生修不到課。

為什麼會有減授制度，就是因為，對大學來說，有許多事情都比教學重要；所以，接科技部案子最重要、招生最重要、評鑑最重要，為了這些目標，讓老師們不要太辛苦，可以心無旁騖做研究也是應該的，教學呢？沒辦法就犧牲吧！

為什麼老師那麼少呢？不是一大堆流浪博士嗎？有的私立大學為了節省經

費，老師退休了遇缺不補，用原有師資強迫分擔或是花前面提到的六、七百元去外面找業師來補。國立大學則是牽涉到複雜的人事安插與布局問題，在校內搶缺嚴重、各個派系山頭在人事上相互掣肘的情況下，導致沒有候選人能在三級三審制通過而從缺，是稀鬆平常的事。

那這些問題又是誰要負責呢？校長嗎？主祕嗎？三長嗎？院長嗎？系主任嗎？

擔任這些職務的人，都是教授、都是學者；我並不會說因為是教授所以他們都是聖人；但最起碼，在學校的環境裡，大多數接任行政職的教授們，都有身為學者與知識分子的學養、人品，甚至還有改造大學的熱情，絕大多數的人都不會是壞人。

這些問題的出現，一路推到源頭，是大學資源分配的遊戲規則。

台灣的高等教育這十幾年來一直在效法美國新自由主義轉向的作法，學校資源愈來愈少，學校越開越多，為了搶錢，大家就只好搶破頭。而評鑑的標準，又只偏重發表數量、數字指標，為了擠進全球幾百大的排名而重研究輕教學（結果名次還是一直掉），藉由升等的標準綁架老師們只能埋頭做研究完全放掉教學

（還是有很多老師仍然重視教學但是對升等毫無幫助純粹佛心來著），導致有許多每學期皆被學生選為優良教師的老師照樣因為研究發表不出色而不續聘。學生的受教權、教學的品質，都在這些考量中被犧牲了。

所以導演指出的例子，真的只是千瘡百孔的大學制度病灶沉痾的冰山一角。

但讓我覺得非常遺憾的是，導演在他的行文中，雖然批判了大學的制度，卻把學生當作「整個結構制度的共犯」。

這對我來說是非常不可思議的事。

前面提到的大學荒謬制度，坦白說人人都是輸家。犧牲了教學品質，學生是最直接的輸家；制度羞辱了擔任兼任教師的專業人才，這些人也是輸家。可是就像我前面提到的，專任老師們，甚至是每學期為了開不出課焦頭爛額好說歹說求爺爺告奶奶哄人來兼課的主任、教授們，他們一樣好過不到哪裡去。

我可以想像導演懷著熱忱，準備了很多教材，希望能夠在國立大學傳播學院當中作育英才，遇到學生基礎不好、書讀得不夠多、電影看得不夠多，會覺得恨鐵不成鋼，甚至心灰意冷。

就像我前面說的，老師也是人，老師也會倦怠、也會自私、也會有時候恨不得把學生的頭推去撞牆。

老師可以對教學沒有熱情，可以不愛學生，可是有一個底線千萬不能跨越。

老師不可以羞辱學生。

老師可以怪學生不用功，當學生對學習抱持半吊子的態度，老師當然可以生氣。因為老師如果對教學、對知識是百分之百認真的，他當然希望對方拿出百分之百的鬥志正面對決。

但老師不能罵學生笨（即便這件事情從我們當學生以來就時常耳聞），努不努力是個人選擇、天資與智能狀態卻沒得選。就好像過動兒（ＡＤＨＤ，注意力不足過動症）是先天身體遺傳，那不是學生笨、不是管不了自己、不是愛惹事生非，那不是選擇。

老師更不能罵學生醜。

這已經涉及歧視，還有人身攻擊，甚至可以是性騷擾。

那些先天遺傳條件，從膚色、外型、身高、體重、智能表現、肢體殘障，精神狀態異常、口語表達障礙，到社會性的家庭型態（單親、隔代教養）、階級、收入、家長職業與社經地位（受刑人、智能障礙、精神疾病）、母語、家鄉……

把這些個體無法選擇的弱勢，做為拒絕、責罵，甚至攻擊的理由，已經是不折不扣的歧視。

學生看的書不夠多、看的電影不夠多讓人沮喪我可以同理，但是本來不同世代就有不同世代的媒介選擇、文化近便性（例如哈日與韓流的世代差異）、藝術品味甚至時代精神。我在政大教了快十年的經驗裡，學生或許沒看過什麼我提過的書或是電影、聽過我放的歌，但是他們也有許多我不知道的文本經驗與媒體習慣，以政大傳院學生的素質，我不認為他們程度很差。

導演或許是出於一種情緒上的沮喪與憤怒，所以連帶地將教學回憶中不舒服的元素完全混同在一個完整的噩夢情境裡，所以在裡面的學生也面目可憎。但是冷靜下來，設身處地想想，在整個權力體系之下最底層的學生，怎麼可能會是共犯結構？

你可以不喜歡學生，這是你的權利，沒有人要求老師一定要喜歡學生。但是，不可以對學生人身攻擊，不只是因為學生年紀尚輕、心智不一定完全穩定成熟；更重要的是，在一個課堂情境裡，老師與學生在權力結構上就是不平等，遑論有些學生會因為這樣的權力結構與社會制約，而把老師的話當成真理深信不疑，相信自己又醜又笨，難怪被老師羞辱嫌棄。

這是關於底線的問題。

警察不能侵犯人民隱私、醫生不能對外洩漏病人的病情、機長不能對全機乘客把飛行意外拿來開玩笑、法官不能以私心凌駕公共利益主導判決、藥商不能明知有風險還把藥賣給消費者……每種職業都有其不能跨越的倫理防線，這跟喜不喜歡自己的工作無關、跟職業倦怠無關，而是一個人能不能時常自省、在工作中對得起自己的良知，把自己視為一個完整的人，是這樣身而為人的基本問題。

我想起在博士班的最後幾年，大概是同時身為師與生這兩種身分切換最頻繁的時候。

有時候前一秒被老師追論文進度，後一秒又在催學生交作業。前一秒被老師啟發，覺得世界無限廣大；下一秒又在鼓勵學生，要去勇敢探索未知。

有一天某個老師在跟我討論某個學生的成績時跟我說，這個成績可以害他一輩子，也可以幫他一輩子。忽然間我感受到老師的背影裡那強大廣袤的胸懷，他打的成績，在乎的不是學生這學期的表現；他考量的時間尺度，是學生的一生。

成績不過就是一個二位數，除非為了某些功利的理由，我想鮮少有學生會為了一分兩分在錙銖必較。但老師打成績的時候，卻是把學生走來的路與未走的路都思考了一遍，才打下了那將可能會影響學生一生的二位數字。

當老師的方法，沒有書可以學，我們唯有戰戰兢兢、小心翼翼，才不至於在無心之中，毀了一個年輕而熱切的心。

就好像手握方向盤，你承擔的是所有用路人的寶貴生命；當了老師，你就同時手握著幾十個年輕生命的未來；你可能在某個不經意的片刻啟發了一個偉大的成就，也更容易在一個不假思索的否定中，摧毀了無數的可能性。

師道也者，何其之重。成乎敗乎，惟其一心。吾等擔之，臨深履薄。

師與生，是一種非常奇特的緣分，不似家人這般不能選擇又水火同源，相互折磨卻又唇齒相依。師生的緣分可以很疏離（坦白說大學都是如此），但是我們也可以選擇讓師生的緣分變得至關重要。

我現在還是喜歡教書、喜歡當老師，靠存款過活，做喜歡的事。有一天存款會用完，或是我對教書的熱情燃燒殆盡，我不知道哪一件事會先發生。我有點無奈生在這樣一個知識貶值、少子化、大學經費緊縮的國家與時代，我也看不到未來在哪裡；但我已經厭倦責怪這一切了，這個問題我也認真判斷過不可能被解決。

只是覺得很遺憾。

一個圈子集合了全台灣最聰明、最有開創性、最有創造力的人們，卻因為一個窒息的制度而讓所有人都被侷限在一個小框框裡無能為力。

那我問你，你要給你教的孩子承諾什麼樣光明的未來？

有一天下課的時候學生跑來告訴我，他在學校裡始終覺得自己是一個冒充者，好像在扮演一個不是自己的人，只有在我的課的幾小時裡，他不再是冒充者，他是他自己。這是我開始教課以來最大的禮讚。勝過無數個七百塊。

親愛的學生們

我親愛的學生們，我請你們回答我三個問題：

我從哪裡來？

我家在何處？

什麼造成了現在的我？

前兩個問題你們答得極好，我認識了你們的家鄉，認識了你們可愛的家人，看了一些很棒的家庭相片，知道你們成長過程有趣的往事，知道你們的基本背景；不過，你們沒有告訴我什麼造成了現在的你。

當然你們有說，但是你們告訴我，我就是這樣在積年累月中養成了現在的個性、我考了指考、學測，所以我進了政大；我因為過去父母管教太嚴，所以現在很散漫等等的，這些其實都不算答案。

我知道你們是年輕的生命、探索著無限的可能，時時刻刻接觸著以前沒遇過的事、沒見過的人、沒經歷過的體驗，所以你們可能很少甚至沒有做過一件事：回望自己的生命、複習自己的生命史。我如果用白話文來說，大概就像是，我請你介紹一個人給我認識，他是八歲的你、十二歲的你或十五歲的你。

時間是一件奧妙的事；記憶更是如此。而最大的奧妙是，我們往往把兩者搞混。

我們感覺時間的流逝就像是一台永不關機的攝影機，永遠不會沒電，有時你會忘了機器一直開著，就去做別的事了。有時你想起來，機器一直開著，然後你可能會為它換個帶子、保養一下，然後又分心去做別的事。

而每一刻的我們，都在這一刻經過之後，以極快的速度離開我們，我們以為我們離開這一刻，它就成了歷史，它已經決定、已經寫就、沒有什麼好討論了。

但事實上是，往事也好、歷史也好、記憶也好，它要從你開始回想、記憶與敘述的那一刻，它的生命才開始。

我舉個例好了，九一一事件發生至今將近二十年，但是我覺得它是發生不久的。直到現在我們仍然在討論它、定義它、研究它，反覆地播放、敘述，試圖要給它公允的歷史定位，至今還有很多電影是從這個事件出發的。九一一其實一點也不遠，它一直活著。

你的生命更是如此。

讓我們回到那台一直開著的攝影機，它叫時間。

那麼什麼是記憶呢？我打個比方，你們一定有看過《命運好好玩》（沒看過的你應該要去看，絕不浪費你時間），當你掌握了生命史的遙控器，你可以回顧你生命的精彩片段，你可以叫出印象特別深刻的生命片段，它好像你的人生影展裡收錄的特別花絮，紀念你人生裡重大的轉變、節日或是值得記錄的事件。

當你想說既然我的攝影機一直是開著的，那我可不可以指定時間日期呢？好比我要收看國中二年級上學期的某一天，好比九月八日的記憶。

抱歉，那是辦不到的。

現在你懂我的比方了嗎？我們感受到的時間流逝是一台不停拍攝的攝影機，但是我們要叫出記憶時，只能找到DVD收錄的特別片段。

我再打個比方，比如說你高中三年都等同一班公車，這樣的等車紀錄持續了一千次的重複，但是在你高二的某一天有一個漂亮的女校生站在你旁邊，那等車的幾分鐘可能是你有史以來最棒的幾分鐘，那幾分鐘會取代一千次的重複，成為你輸入「高中、等車」這個關鍵字後唯一會出現的特別花絮片段。

或者也可以用八十／二十理論來解釋。你人生中經歷的百分之二十的特殊事件，會涵蓋你百分之八十以上的記憶。而你人生中其他百分之八十無關緊要的事件，大概占不到你的記憶體的百分之二十。

除此之外，記憶最棒的部分是，它是一個開放系統，好比維基百科（wikipedia）一樣，它可以被複寫、編輯，或是有個協作平台讓他人來改寫。記憶甚至可以像是古代指腹為婚認親專用的半片璧玉，當你在多年後遇到了事件當事人，你可以把你的記憶跟他的記憶相互拼湊而可以湊出一個更巨大、全觀的版本。

基本上這篇文章的寫作旨趣不是討論記憶的特性，所以腦神經科學的部分就此打住，我想跟你們談的是，回溯自己的歷史，為什麼這麼重要。

因為一個不認識自己歷史的人，他根本就不認識自己。

而自己的歷史，卻要靠自己的記憶去建構。

你之所以成為今天的你，並不是一個連貫的結果。記憶與歷史是斷裂的，你的記憶只能給你片段，甚至照片一般的印象。而你的工作則是像柯南或是福爾摩斯一樣，用你手上現有的照片與短片，重構出一個有因果、有曲折、有劇情、有對白的故事。你自己的故事。

我們都領教過新聞媒體說故事的能力，我想告訴你，你所相信的你的歷史，就跟台灣的新聞一樣靠不住。

但是那樣很好。我們若是有《命運好好玩》的遙控器，真實重現我們每個尷尬、心碎、瘋狂、困窘的時刻，我相信沒有人心臟夠強到足以承受。

所以就像某知名ＤＶ品牌的廣告詞：「每個人都是自己生活的導演。」我們都是自己記憶的導演，你或許無法改變女朋友甩了你的記憶，但是你可以在播放記憶時加上玫瑰色的濾鏡，讓那場分手戲變得絕美悲壯，特寫停留在女朋友臉頰上的淚珠，她大罵你的部分就消音處理。啊！談過這樣轟轟烈烈的戀愛我也不枉此生了！你這樣告訴自己。掩蓋掉女友因為你又宅又髒又沒衛生又噁心而跟你分手的事實。

又離題了。重點是，我為什麼要你去追溯自己的歷史、我為什麼渴望知道是什麼造成了現在的你？

因為在你生命的每個階段，每一刻都有一個過去的你正離你遠去。你一直都沒有跟他們道別，甚至，你沒有遇見過他們、嘗試跟他們相處。

這樣的結果是，很多時候你做了一些決定、養成了一些習慣，但是你完全不自覺。

有些人活到一把年紀，還是跟小孩一樣任性；有些人步入中年，卻跟青少年一樣敏感、沒自信；有些人快進棺材了，但是他一生最想要的生活，他始終沒有弄清楚。

因為他還沒順利地活過某個階段，就硬生生地被抽離了，那個階段他的人生探索裡必須找到的重要寶物他還沒找到，他就被趕到下一階段去了，所以他的外表繼續成長，但靈魂卻卡關了，他沒有繼續往前進。

其實我們這個社會大多數的人都在卡關，包括我自己。可以瀟灑與過去和解的人，畢竟還是少數。

你若不想被過去的靈魂糾纏，最好的方式，就是面對它、與它相處，可以大吵大鬧、大哭一頓，但是你終究要找到與它和解的辦法。

仔細去回想你的生命中在什麼時刻遭遇了什麼事，讓你下了什麼決定、養成了什麼習慣；那些被ＤＶＤ收錄的關鍵精彩花絮，可能都是解開你人生疑惑的鑰匙。

舉個例來說，我大一到大二那年，喜歡的兩個女生都被我的學伴追走，這件事讓我體會到我的不足，造成了現在的我。

再舉個例，我小時候家裡很窮沒錢買書，所以我只好把握看得到別人的書的機會，把內容都背下來，這件事情也造成了現在的我。

我大學第一次上了文玲的課，我覺得自己空空如也什麼都沒有，覺得自己的過去真是像行屍走肉一般，這件事也造成了現在的我。

然後我讀到了今天同學分享的，陳綺貞在〈失敗者的飛翔〉裡寫的：「當你瘋狂地追求別人所定義的成功，或許真正需要的，只是一個穿越距離的擁抱，也許是一個眼神，或者只是一首理解你的歌。」

我也在跟過去十九歲的自己和解。

這樣很好，十九歲的自己好蠢、好衝動、好傻好天真、好自不量力、好膚淺。可是我很喜歡十九歲的我自己。

然後我會試著問我自己，我現在有沒有變成當年的我看不起的人。確定這個答案，可以讓我繼續修正未來人生的方向，你看，跟過去的自己當好朋友好處這麼多。

而且呢，瞭解了你自己，還有一個最大的好處，就是你可以知道你需要什麼樣的人。

如果你是個悲觀而被動的人，你會發現吸引你的人都是樂觀、正向、有自信的人。如果你是個敏感、怯懦、遵守所有規則不敢犯規的人，你會發現你喜歡那些內心自由、聽從心裡的直覺、不愛守規則的人。

你如果是個粗心、脫線的人，吸引你的人會是負責、可靠、有耐性的人。而如果你脆弱、焦慮、缺乏勇氣，你會愛上溫暖、光明、樂於付出的人。

這是我們的天性，我們喜歡跟我們完全不同的人，相互互補，才能生出健康的下一代（生物演化遺傳觀點）。

所以，瞭解自己吧，這是我們每個人今生都要面對的功課。這世界上或許有人愛你、關心你，但是他們終究會離去（不管以何種形式），在人世間走了一遭以後，直到最後仍然與你相處的，就是你自己。

最後，請讓我再問你一次，你如何變成現在的你？

親愛的學生們二〇二〇：我祈願我的心中仍然有詩

親愛的學生們：

今天是本學期最後一堂課，經過了告別與擁抱，我們正式說再見，或是按照文玲的說法，「一個結界正式關上」。

我們相處的時間雖然很短，但我一向相信時間結界的珍貴，從來都是在品質而不是長度。

每一個離開這間教室的人，我都送給你們一個禮物，那是一句話或是一個祝福，姑且當作是幸運餅裡面的詩籤，只是那是為你量身訂做的，不是廟裡那種印刷出來人人抽到都可以拿的詩籤。

那個叮嚀或是祝福，總結了這幾個禮拜的相處，也是我強制介入你們的生命，無論你是敞開的或是閉鎖的，做為感謝你的參與，與抱歉插手了你的人生，一點微薄的回饋。

還記得我第一次與你們相遇的時候嗎？我跟你們說，好的故事要拿真心來換。而第一次與你們相遇，我就與你們說了，我真心的故事，那個我以為我不會對任何人說的事。可能是調皮的文玲故意挖洞給我跳，也可能是我當時太早起床血糖不足容易做衝動的決定……總之，我不知為何把我決定只對樹洞說的故事告訴了你們。

所以，做為交換，我聽到了好多好多，真心的故事。

我很感謝你們相信我，沒有因為我是一個不知道打哪來的大叔而拒我於千里之外，你們接納了我。在這幾個禮拜的過程中，我們玩遊戲、創作，像洋蔥一樣一層一層地剝離外在的社會化偽裝，然後看進彼此的內心，看清楚每個靈魂的質地。

那些在下課之後，願意與我繼續對話的人，謝謝你們邀請我分享你們的故事，那些徬徨與迷惘、那些自我質疑、那些突如其來的傷害、那些無法原諒、那些至今不知道自己做錯什麼的困惑、那些沒有好好告別的遺憾，最後最後，化成了你們的生命主題，然後變成你們的創作。

你們的創作好棒，雖然有很多不成熟、雖然有更多可以好好修改、好好重剪的空間，雖然有些敘事不那麼通順、有些節奏卡卡、有些需要自己腦補缺了什麼……但是，它們都讓我很驚艷。

因為它們是你們的作品。不是作業。

我應該有跟你們說過，我不要你們交作業。我想要看到的，是你們的真誠之作，是一個發自你的內心：你最想問的問題、最想說出口的告白、一個遲來的道歉，一個當初沒有行動而抱憾終生的舉動、一個從創作本身回應你至今的人生的作品。

所以我說，你們的作品叫我驚艷。你們的作品讓我看見了，當你回想人生的岔路有了「當初選了另一條路的我會是如何」的疑惑，當自我分裂成兩個個體去解剖內心深處的煩惱的源頭，從他人的拼湊中找尋自我的線索，從捏造的肯定裡療癒自我童年傷痛的微小心願，在曖昧的節奏中重述遺憾的邂逅卸除生命中不可承受之輕的哀傷，甚至是在心中預演了一次玉石俱焚的毀滅，在在叫我動容。

此外，也有好幾個人，我沒有叫你們交作業，而是出了其他的功課給你們。你們一定會覺得我很奇怪，出給你們每一個人各自不同的作業，雖然如此，你們還是頂著「有沒有搞錯？你是在開玩笑嗎？」的表情，回去乖乖做了。

當然，那些作業都不容易。有些人我甚至不要你交任何東西，只要你答應我你會去做，我就相信你。

我一直反覆地對你們說，你要原諒你自己，你要放過你自己。我可以教你咒語，我教你一二三法則，我們玩扮演遊戲來面對你的心魔；但是最終，你一定要獨自一個人勇敢潛水到你自己心裡最深的那個海底渦流，去把那個曾經被你丟下的自己救回來。

你們好像安徒生筆下的漁人，與自己的陰影奮戰。那不是一件愉快的事、更不可能輕鬆。你們化作騎士與公主、殺人與被殺；你們走進記憶裡幽暗陰冷的地下室；強迫自己觀看氣球再度爆炸的瞬間；你們泅泳到最深的海底，那裡的海草綁縛著不幸水手的屍體。

你見過深淵，深淵也凝視著你。我明白，我都明白。我也見過深淵，我也見過那眼神。

然後你們平安無事地歸來，帶給我那些故事。

那些故事化為很多不同形式，有詩歌、有文字、有影像、有繪畫。那是你們在與自己的陰影戰鬥了很久之後，收起了鋒利的貓爪、拉長了背脊、伸展了四肢，然後露出的鬆軟的肉球。

那必定是很美好很美好的。

那些告白、那些宣言、那些衝撞、那些妄言高歌，它們是多麼的粗糙、多麼的直接；卻又多麼疑怯、多麼小心翼翼；以及，最重要最重要的，多麼純粹。

坦白說出作業給你們，我自己的心裡也很忐忑。我不過就是你們一堂課的老師而已，我有什麼權力這樣強制介入你的人生、質疑你的不快樂、擅自為你做主，逼你去直視自己多年來逃避的問題。

因為，我一定對你講過，假如你一直逃避不去處理，你最後就會變成我。我想這個恐嚇好像還滿有效的，你們都乖乖去面對自己的心魔了（我有點高興但也有點難過）。

重點是，你們都認真去嘗試了，即便結果不一定順利，即便常常問的問題不會一次就獲得順利解答，但是這個練習就是一個扭轉的開始，也許是讓你的靈魂重新呼吸到新鮮的空氣，甚至是讓某隻土撥鼠重見天日。

所以我也跟你們說過，這堂課的標題叫什麼都不重要；這堂課的最終目的，是在訓練靈魂的肌耐力，讓你們凝視自己生命的本質，找出心中的病灶，然後透過復健與練習，讓自己的心靈重新找回適合的呼吸，調整體質、增強抵抗力。也許，在你離開學校的時候，你可以變得比現在還要強壯，甚至百病不侵。

終有一天，你們會成為承擔一切的大人，像我這樣肩不能挑手不能提的大人，你們千萬要記取教訓、不要重蹈我的覆轍（我覺得你們都有聽進去）。

以後你們愈來愈會駕馭文字、寫歌寫得得心應手、工具用得愈來愈上手、講故事講得愈來愈熟練。但是，請你們千萬不要忘記，在我們第一堂課相遇時，當我們練習著「真實的大說謊家」的故事，在遊戲的最後，我曾經跟你們說的：「引用我最喜歡的吳明益老師說過的話：『真誠，是一部文學作品的壓艙石』。無論你的作品有多麼嶄新的設定、細膩的細節、令人神迷的情節、出人意表的結局；真誠，永遠是這部作品最重要的根本。當你的作品完成的瞬間，它離開了你，展開了自己的旅程，航向未知的大海，迎向驚滔駭浪時，所有的技巧所包裹的核心——真誠，會讓這部作品航向前所未見的遠方。」

這句話直到現在還是對我好重要。我總是謹記著這個原則，而我付出真誠的文字，也總會帶我去到我不曾想像過的遠方。

「作品，要走在人的前面。」這是我給自己的期許，我也希望送給你們。如今的你們，都有了自己的第一個作品。那是你們的第一個小孩。

我想要謝謝你們，讓我參與了你們的故事。不是以一個老師的身分，而是一個讀者、一個觀眾、一個聽眾的身分。我覺得我乾涸的靈魂又被能量填補了。我好像又可以再走一點路了。

最後我想要跟你們說，在最後一堂課，當我跟你們說：「從此以後，我們的人生可能會變成兩條平行線，從此再也沒有交集。」你們似乎對此非常耿耿於懷，還把幾何數學與物理學中的平行線也有交會可能的理論都搬出來了（真不愧是以理工見長的大學啊），我雖然覺得你們好可愛讓我想偷笑，但是我也想跟你們說：

人與人的相遇，都是有意義的。而那個意義的決定權，就在你的主觀意志中。

人與人的相遇，也是這個複雜社會網路多重力矩相互干擾的結果，很多時候我們人在江湖身不由己，常常是跟著浪頭沉沉浮浮；有時候會相信一切有盡頭，有時候也會選擇留戀不放手。這是為師的歷經數十個春夏秋冬，慢慢領悟的道理。人生不會盡如你所願，只要心中坦然，在相遇時全力緊擁，在大潮把我們沖散時，微笑揮手感謝對方曾經的相遇，就已經十分足夠。

念念不忘，必有回響。只有心中有所感，一期一會，心意相通，又豈在朝朝暮暮？你們心裡一定明白，為師並不需要時時在你們左右。

這是送給你們的最後一課，把自己照顧好，就能好好說再見，不讓對方擔心。這是最極致的體貼，也是最好的告別。

也許我們未來會在某處相見，也許我們的緣分只到今天為止；也許你們會繼續在創作的原野上玩耍，也許你們會循著原本的路回家。但我希望你們記得，你們在青春正盛的時候，曾經有三個多月的時光，在每個禮拜固定的一天，踏著開心的腳步，走進這間教室，或坐或趴或躺，開啟了三小時的魔法時光，十米見方的魔法結界。

我想要你們知道，魔法之所以珍貴，就是因為它只有在非常短暫的時間、在對的地點、向對的人開啟，結束了也不會再重來。那是我們如此珍視它的原因。

但是你們離開的時候，像是索羅門的管家，滿載著金幣。最奇妙的是，那是你們原來就有的寶藏。

我們只是教你怎麼挖掘它而已。

Just remember, use your fortune wisely.

我很開心。我好喜歡你們。

再見，再見。

阿律上

你念——，能當飯吃嗎？

大學教育裡有一塊疆界模糊而又獨特、絢爛，常常吸引高中畢業生前仆後繼投入的領域，這塊模糊的領域大約包含了傳播、人文、設計、藝術、廣電、廣告行銷等等的範圍。

在這個廣泛但模糊的領域裡，可能可以勉強舉出的共同點是，學生在學習的過程中最主要的績效成果來自某種創造。

這種廣義的創造又可以再加上一個向度（其實可以有無限多種向度，我今天只想討論這一個），最簡單地說就是：

抒發自我的理念 ←——→ **為他人服務**

一般而言在抒發自我理念這端的極端值，比如說純藝術、純文學創作、詩歌、音樂等等；另外一頭的極端值，則以完全為一個廠商、實體、觀念服務的設計與行銷傳播為例。

在兩個極端值的中間，則是一道長長的頻譜，例如，為了大眾市場考量創作的流行歌曲、影視文本、出版品等等，仍然是藝術創作，也具有美學成分；或者，為了行銷傳播目的製作的微電影、為了宣傳歌曲而拍的ＭＶ，甚至，為了為一個絕妙觀念而服務的廣告創意，也都同時具備抒發自我理念，但也為市場、為商業服務的雙重特性。

當然，這世界上沒有完全不管受眾的藝術，很多藝術作品也有商業考量；同理，這世上沒有因完全為客戶服務而絲毫沒有自我風格的設計或廣告作品，假如真的做到這樣，那是一個失敗或近乎沒有價值的作品。

所以我想先拉出這條向度頻譜，這是我想討論的基點。

我其實比較在意的是：

大多數的大學生，好像沒有好好想過，自己究竟比較適合／偏向「抒發自我理念」還是「為他人服務」，已經在某些非自願／有限選擇的機制與情境裡，被分進了特定的領域。

比如說，設計是一門非常在乎「為人服務」、「纖細體察對方的需求」、「仔細觀察對方的習慣」、「用體貼對方的方式創造出訊息／產品」、「以最不打擾的方式達成服務」的產業。

但光是這件事，我想大多數的設計學生都必須學習良久。

同理，厲害的電影特效，是完全感覺不到這一幕有用特效；真正厲害的演員，是讓你神入整個劇情，而不是讓你感覺「喔～他很用力在演」。

所以你會發現一些很好玩的事。

有些人做設計，但是他還是以自我理念優先。有些人拍廣告，但你總是感覺到他的存在感壓過了商品。

我並不覺得這樣不對。

舉例來說，蕭青陽的設計，即使風格迥異，而且非常貼近每個業主的需求，你還是會一眼認出這是他的作品。

羅景壬導演也是如此，他的每支廣告作品即便廣告主不同，也都同時具備深深瞭解客戶需求而發出的insight，但你還是一眼就認出這是羅導的作品。

不過我們也不能否認一個事實，就是蕭青陽只有一個、羅景王也只有一個。台灣不大，每個領域出色的人才差不多就在那裡——我們必須承認，不管是在哪個領域：出版、音樂、影視、廣告，厲害的人不少，但庸才更多——在我們日常生活構築的視聽媒體經驗世界裡，我們偶見厲害的作品，但大多數是被平庸擾人的資訊填滿。

我在想，這件事是可以扭轉的。

有個學生進了設計系，他其實應該先想想，說不定他適合純藝術領域，坦白說一開始進錯系，通常你還是會在漫長的職涯中逐漸摸索靠攏到自己適合的方向領域，但是一開始如果就能自覺地問自己該多好？

我適合做設計嗎？我有能力從別人的角度體驗使用經驗嗎？

我適合做廣告文案嗎？我能夠傾聽、觀察、體會別人的需求感受嗎？

我適合做配樂嗎？我的作品能與別人的影像作品交互激盪，而不是被收編、也不是過於凸顯自我嗎？

我適合做遊戲背景嗎？我能創造一個為原作品加分的世界體系，而不是只能炫耀畫功嗎？

這些漫長的提問，通常不會立刻有答案，而要花好幾年的時間摸索。甚至，有可能一次一次地推翻前一次的答案。

又或者，有些創作人，他需要一段真空的時間，完全不為別人，只專注在抒發自己的感受上、盡情地創作。等到他走過了這一段，他更瞭解自己了，創作技巧更行雲流水了，他便可以敞開心胸，以開放的心態，專注為他人服務。

甚至有些在他人眼中，才華多麼明顯、未來的道路幾乎不用煩惱的學生，他卻反而要面對更嚴峻的問題。

他一旦選擇完全為了抒發自己的才華理念而活，他就要面對殘酷的外在衝突，包括回答一百次、一千次、一萬次諸如「畫畫是能當飯吃喔」、「每天抱著吉他你有混出什麼名堂」的問題。

這是為什麼，大學這個學習階段，對於這一類領域的學生來說，是多麼的重要。

也只有在大學裡，你可以像遊戲一樣reset，真的二一了，就想辦法轉學轉系，你的人生永遠可以重來。

也只有在大學裡，你的人生可以耍賴。

世間多麼艱苦，醫生耍賴會醫死人、消防隊耍賴會死更多人、水電瓦斯捷運司機，大家都不能耍賴——唯有大學生，承襲著歐洲基督教修院體系與貴族教育的遺風影響，在成就他們未來偉大的知識建構、信仰指導與領導統御之前，他們在大學的階段被容許犯錯，這是西方社會給予未來創新者與領導者最大的特權禮遇與寬容。

也只有在大學裡，你可以專心地傾聽自己內在的聲音，那個聲音叫你去畫畫、叫你去寫歌、叫你去拍照、叫你去跳舞、叫你去拍特攝片、叫你去設計遊戲關卡，這些看起來根本不能當飯吃的東西，即使在未來很可能仍然不能當飯吃，你也絕不會認為這些時間是無用的投資。

假如你的東西做很爛，那也無所謂；但很有可能，你越做越有心得，一次比一次做得好、你開始被注意、被討論，你開始有夥伴、有競爭對手，有了完全沒有想像過的冒險現充（與愛情）生活（當然機率可能不高）。

假如你什麼名堂也沒闖出來，那也沒關係，重新回到第一個登入畫面，重新問自己，我適合創作嗎？

我適合只為自己創作嗎？比起創作，我更適合幫助別人嗎？

我的才華在哪裡？我的底線在哪裡？

什麼使我憤怒？什麼使我害怕？

什麼是我的天敵？誰又是我的啟蒙魔法師？

大學就是一個你可以一直回到登入畫面重新開始的大型遊戲，你一定會有機會，只要你願意靜下心。

隨著我手邊的教育部案子正在結案，我好像又有點能領悟我和其他許許多多靠著微薄計畫經費苦撐的教育領域工作者，我們在試著添著少到聊勝於無的柴薪，也要盡可能保住的那一點殘暉星火，一邊想像會有多麼意想不到的光芒，在很久的未來勃發。

所有廣義創作領域的大學生們，總是要面臨無數次的詰問：「念這個以後有飯吃嗎？」假如你想清楚了，好好回答，好嗎？

大學的第一課

在網路上看到一篇有趣的文章，內容轉貼如下：

（吃飯時隔壁桌的人在聊天……）

男生Ａ：欸上大學好閒喔根本每天只要想晚餐要吃什麼就好。

男生Ｂ：對啊，都不知道在上什麼。你們政治系在幹嘛？

男生Ｃ：政治系很無聊，都在上什麼思想理論，沒什麼用，只有一兩堂感覺稍微有用一點。趕快轉法律系好了，或者轉社會系。

男生Ｂ：社會系跟社工系是一樣的對不對？

男生Ａ：不一樣啦，社會系是要考公務員的，社工系是要當社工的。

男生Ｂ：啊那Ｃ你轉社會系你就會比較有興趣？

男生C：應該至少比較有用吧。不然以後不知道要做什麼難道要走學術路線嗎？

……………（以上節錄自某大學餐廳的對話）……………

從對話內容來看，這三個男生都是大一，對，大學才開學兩個禮拜，所以他們是三個標準的兩週新鮮人。

他們才從摧折他們十二年的國民教育中離開，終於進入了一個對他們而言全然陌生的環境。

假如看倌您要大動肝火怒斥這些年輕人，以及將您世代的成長故事搬出來「想當年我」一番，我勸您先等等。

我再重申一次，這是踏進大學兩個禮拜的新鮮人，他們對大學毫無想像。

但我想對大學毫無想像不是什麼大問題，在幾個月之內，他們會完整經歷一整年的大一生活，經歷很多事情、面對一些從來沒有遇過的問題，面對人性的考驗或是感情的青澀苦辣，簡單地說他們會經歷完整大學生活，然後當一個標準的大學生。

所以對大學毫無想像一點也不是問題。我覺得讓我比較在意的，是他們對自己毫無想像。

在大學念哪個學校哪個系，對未來人生的影響，從你大學畢業的那一年開始遞減，你就業十年後，這個東西大概對你的意義只有校友會信件是從哪個地方寄來，以及你的回憶中大學生活在哪裡過而已。

但大學生活對於大學生而言，或者對於每個成熟的人格而言，最大的意義是展開對自己的探索。而展開這個探索的前提，是自覺到「我強烈地感覺到我對自己的陌生、我的能耐、我的價值、我的弱點，這些事情都急需自我探索」，而扣發這個問題的扳機，則通常是「我是誰？我在哪？我未來要走到哪裡去？」

假如按照康德所說，啟蒙的意義，是在於個體強烈意識到自我的蒙昧與自我認識上的未成年狀態，做為啟蒙思考的起點；那麼我想，這三個新鮮人，可能還沒走到這一步：意識到自我認識的狹隘。

根據我的經驗是，任何一個大學生還沒有走到這一步之前，你教給他任何知識，對他來說都是皮膚以外的東西——不痛不癢、沒有特殊意義，大約跟手機吊飾的存在感差不多，只是有時候被別人拿來當聊天話題而已（通常話題還持續不到一分鐘）。

假如說我們的大學生這麼沒有想像力、而且對自己的想法、需求、能力、價值都毫無想像，我想這並不是他們的問題。我大可以把一切推到國民教育的老師身上（不負責任的謾罵是最廉價的消費享受），但是這樣就是污辱了成千上萬在國民教育第一線上努力奉獻的教育工作者（其中有一大票是我的同學與朋友）。

所以我不認為這是國民教育老師的錯，這樣的指責太龐大，而且其實沒有歸咎到誰。

我覺得讓學生喪失了對自我的興趣，問題仍是具體分布在國民教育體系裡的許多基本遊戲規則裡，包括了透過一整套的學籍編制、制服、文書與管理系統，讓學生成為一個單位、一個學號，而非一個思考主體；也包括了一整套從軍事訓練發展成的排隊、行進、做操、整隊等等的身體規訓，讓學生成為一個士兵；再由學校的訓導與教務單位發展出的規格化課程、死板的校規、記功記過的獎懲規定、樣版化的比賽與評選制度，終於合作無間地將學生擠壓成規格一致、條碼清晰的商品，然後在每年畢業季節由各個中小學校當季限定發售，再把他們趕進下一個工廠（或是鴨籠）。

不過從一開始扼殺學生想像，以及為了不讓他們主動想像、乾脆直接丟出指令的，是每個學生所能接觸到的大人。

「你就去填所有的師範學校，畢業就去考老師，好好過穩定的人生。」

「要出人頭地當然要填醫科，老爸那麼辛苦供你念書，就是希望你當醫生賺大錢。」

「只准填法律系，從畢業那年開始就給我準備律師和司法官考試。」

「女兒啊，我聽隔壁陳太太說，他女兒念會計，畢業就去國外念書，現在已經在美國的會計事務所工作了捏！」

我可以直接問各位看倌，你考大學的時候你的父母沒有給以上意見，只說「你喜歡什麼就去念，你開心最重要，以後很難找工作也無所謂」的人，應該是少之又少吧……

但父母們這樣規劃也是很自然的，把孩子拉拔長大，希望他一生走得平順，不希望他吃太多苦，或是遇到自己以前的困境，是天經地義的想法，我不是為人父母者，我無權批評。

我的想法是，父母有權利幫小孩規劃未來；而每個小孩，也有權利去決定自己的未來。那麼當兩者抵觸的時候，就必須去溝通、磨和，甚或衝突，尋求解決之道。民主社會的基礎假設便是如此。

那麼回到這裡，為什麼剛走進大學的新鮮人，會有以上的發言，我們可以大致整理出他們想法的幾個基礎原則：

1. 大學就是職業訓練所。
2. 大學科系就是決定你的工作，選工作當然要選輕鬆、賺得多而且有發展的工作。
3. 我不打算在大學的學習階段裡付出什麼努力。

所以我大致假設，在他們過去十八年的人生經驗裡，他們徹底打壞了對於學習的興趣與胃口，他們對於追求知識沒有任何熱忱。此外，他們所接觸到的所有訊息整理歸納的結論是：大學的終極任務在幫他們找到輕鬆高薪的工作，假如找不到，次一等的選擇就是遁逃到學術領域。

高中畢業後的他們對大學如此想像，不是他們的錯，這是他們的環境能接收到的訊息總合結論；而也因此讓他們重新思考人生、想像未來的沉重工作，就落到了大學的身上。

但是大學不比國民教育，沒有人要為你的學習負責，當然不會有人好心告訴你：「你要為自己的未來負責、你要勇敢主動走自己的路。」想像有限的人，只好延續高中以來的想像，填熱門科系，貫徹大學職業訓練的目標，去投入「父母親那一輩」覺得高薪的工作。

萬一他們又超級不幸，畢業後工作了才發現，醫療工作異常超時辛苦而且沒賺那麼多了；公務體系壓力愈來愈大責任愈來愈多，而且以你的年紀資歷根本升遷無望。會計體系只是填進著名事務所的小螺絲釘，而且大案子都在出走潮；賺錢的律師只停留在好萊塢電影裡，至少，不會有你的份。更不用說，我們常常看到教授過勞死的新聞。

你當然會覺得你被騙了，你被這個時代負了、你被這個國家負了。可是，你為什麼不問自己在大學時期是怎麼下這個決定的？

因為大家說這個好賺，那你自己覺得呢？你有負責任地去調查打聽產業的現況嗎？你的父母很權威要你這樣做，那你曾經為了「你自己」的人生而奮鬥過嗎？去盡全力爭取過嗎？當你找到了你最喜愛的事物，你有以它為職志的覺悟嗎？

沒有，我們大多數選擇了一條避免衝突、避免鄰居的閒言閒語、避免自己要太勞累去爭取，看起來很安全但是自己也沒感覺的路，填上了志願。

那麼也許在大學的階段你可以學到一些事：

1. 沒有人要為你的未來負責，那些出嘴出主意的人，在你面對中年危機、自我否定、後悔走錯路、花了太多冤枉時間的時候，他們通常缺席，或說那是你自己造成的。

2. 大學時的科系，跟你未來的工作，關聯真的沒那麼大。當然，絕大多數的人可能都是做跟大學科系相關的工作，但是我很懷疑大多數人是熱愛自己工作的。有很多人到了三十歲，意識到這根本不是自己想走的路，於是重新去尋找——這當然很好，他選擇對自己誠實，並且下定決心盡全力爭取自己的未來。但是他要是在大學時就勇敢面對內心的疑問與聲音，該有多好。

3. 那些人云亦云選了別人意見的路走的人，最終還是會離開這個領域，重新去想自己要什麼。而他大學時明明有大好的機會去探索自我，找尋最讓自己熱愛的事，即便在當時那件事不一定被認為是一個工作或是專業。

4. 最後，大學不是職業訓練所，大學是你探索自我與瞭解自我的重要階段。忠實地掌握自我的人，即便在大學畢業後才投入一個全新的產業從零開始，他的起點也不會落後人家太多。因為，他充分瞭解自己要什麼，他帶著強烈的動機去學習所學的知識，那些知識將會緊緊地鎖在腦袋裡，生根茁壯。

我不曉得那幾個聊天的人有沒有可能看到這篇文章，但我想跟他說，你的大學生活剛開始，你有極充分的時間去多方嘗試，去積極探索，去對每件陌生、未知的經驗say yes, you could say "yes" to EVERYTHING!

當你是大一新鮮人，你不知道你要什麼、你也沒有興趣，我不會說那是你的錯——因為你本是個小孩、你也一直被當作小孩，沒有人要你負責，自然不會有人責怪你。

但是你大學畢業後，你還是沒想過你要什麼、你沒去爭取過你的未來、你還是選擇了別人口中輕鬆的路、自己卻未曾查證過，那就是你自己的問題了。

因為在大學，你是一個大人，你要學習為自己的行為負起全部責任。而事實上，這世界上也沒有任何一個人要為你虛度光陰而負責，光陰是自己的，未來也是自己的，這應該是你在大學裡唯一要學到的最重要的事。

輯四

我一點也不想去火星

我很確定，我喜歡太空，是因為在沁涼的夏夜望著夜空的星星編織故事非常浪漫，知道地球與火星每隔二十六個月會合很浪漫，知道二十四個寒暑之後，地球與火星的會合從近日點移到遠日點，地球上的人們老了二十四歲，而火星則未曾老去，這也很浪漫。

但就只是這樣而已。我一點也不想去火星。

戀物

通常人家說巨蟹座是很戀物的，尤其十二星座裡數一數二的不丟男不丟女幾乎是巨蟹座包辦。我過去可能也是如此，但隨著人生幾次重要的清理房間的過程，慢慢開始養成了鐵了心將大多數物品順利丟棄的最高指導原則。至今房間裡遺留的東西並不算多，約莫可以達到防災迅速打包逃離的程度。

可能因為貧窮，我的物欲被壓縮在一個極低的層次，人生中絕大多數的可支配金額幾乎是花在吃東西——別誤會以為我是美食主義者，願意為了美食花大錢——我吃一頓飯只要超過三百元，那就是拉警報了。我是真正處在恩格爾係數極高，除了活下去維持生命的花費以外沒有額外消費的人。

我愛書成痴，但極少買書，這跟幼時家貧而不可得有關。在同學家或圖書館看到一本書，我知道我的人生可能不會再有機會閱讀它，我養成了將一本書的內容牢牢記下的習慣。數十年來，我看了無數的書，但是真正買的卻極少，多數是因為大學修課指定課本，我的座右銘一直是「你看過一本書、讀進去了，它就是你的了」。

忽然開始反省自己與物的淡薄關係，來自於電腦的再度罷工。對，再度。我的人生有過幾台電腦，他們離開我的方式都一樣。尋常的某一天，我打開電腦，沒辦法開機，再也沒辦法。他徹徹底底的死了，連店員都說沒救了，你直接拿去回收吧，裡面的資料救不回來了。這樣的情形從我人生第一台桌機開始到現在，總共重演了不下六七次。

是以我非常不信任電腦。我從來沒有見過一個總是強調自己有多理性、多萬能，但是翻臉比翻書還快，耍賴與擺爛可以在無預警的一瞬間完成的朋友。

也因為如此，我的人生大約兩三年，就要重新開機。這意思是，過往的一切，作業、報告、文章、照片、文件，全部消失了，好像我的人生紀錄被當局抹煞了一樣（人們常常說相片數位化比較好保存，我從來不信這一套），十來年經歷了六七次人生重開機以後，我對於數位資料的消失看得非常豁達（我的碩士論文檔案早就因為電腦翻臉而消失在世上了）。

電腦送修了，工程師說初步檢查找不出原因，這個答案我習慣了。人生面對的任何無常，通常是找不到原因的。假如你說科學能夠為所有的現象提出解釋、找出原因，我會說你太一廂情願了。

我像個食古不化的原始人，我不相信任何看不見摸不著的東西，科技（資本主義下的科技）不過是瀰漫著浪漫情懷的巫術罷了，他不會治好你的病，頂多給你一些活下去的希望而已。

但我並不討厭戀物的人，事實上我也沒辦法；這個世界上每個人一定或多或少對於某幾類物品有戀物的傾向，只是他們能夠執行的程度差異罷了。班雅明喜歡買書但並不閱讀，他說他只是將書從價值交換的體系與實際功能中解放出來，而能做為一個單純的物的存在，他解放了它。這真是我聽過最扯、最假掰但同時又最有深度、最迷人的說法了。

但我又何嘗不是？我喜歡看書、喜歡攝取知識。但我吸收知識並不為了任何實用的目的（是以我永遠沒有涉足電腦資訊與投資理財這兩塊領域，因為毫無興趣），我只是喜歡而已、越無用越喜歡。

許多年後仔細想想那個因為家貧無法買書，所以賭氣一樣把所有能讀到的書都轉化成頭腦能吸收的編碼然後想盡辦法強記，這或許是那個年幼的我對於世界的一種抗議或是叛逆。某種程度來說也是取得生存意義的某種證明。

我看到家裡有一面牆都是書的孩子們，那些書他們一本也沒拿來讀過，成天只是打電動。我想我是憤怒的。「為什麼我這麼愛讀書的人偏偏生在一個窮人家呢」、「為什麼那些不讀書的人們偏偏父母就會為他們準備一房間的書呢」、「為什麼我這麼會畫畫偏偏連彩色筆跟圖畫紙都買不起呢」、「為什麼那些豪華的用具都浪費在那些根本不會畫畫的人的鬼畫符呢」……

這種怒氣是無人可訴說也無法消解的。我的讀書成績再好或是畫圖比賽拿下了再好名次都改變不了任何事實，我們家也不可能變有錢。

我那把書全都背下來的阿Q式精神勝利法，也是一種客觀上就是無法占有物質而對應出的人體潛能極限發揮，當你發揮地越好，越顯出本質上的悲哀。我想我在靈魂深處是深深理解這一點的。

或許就是這一種長久以來對於各種物資的想望與缺乏和永遠不可得，構成了我生命中看待世界的基調：我覺得這個世界待我極涼薄又吝嗇。而我彷彿又化身為一個中世紀的苦行僧一般戒斷各種對物質的依賴，也是一種倔強而青少年式的叛逆吧……「你看，我根本就不需要這麼多東西」、「我還不是照樣活得好好的」。

我終究沒有像資本主義社會流傳的勵志故事裡上演貧戶之子翻身的階級流動模範，我繼承了父母的貧窮，賺少少的錢，日常只能儉省地花費，每天站在書店讀免費的白書、鍛鍊強大的心靈。

而嘲笑這個資本主義世界的「有用」價值，或是拒絕、輕蔑各種「富爸爸窮爸爸」式的理財觀與階級翻身的「上進行為」，實際上是我童年內心空洞中的某種反射與否定：透過拒絕成為一個有用的人，擁抱無用的知識，去嘲諷那個功利主義的社會，某種程度也只是掩飾我來自低下階層的困窘與不安吧。

不倚賴物質、不戀物，變成了某種清教徒式的精神武裝，好像可以彰顯某種超越物質的精神性價值或信仰；但它的根源卻是來自童年時期的物質缺乏與貧窮造成的羞憤。我想，是時候去扭轉那個我彆扭而倔強的青少年狀態了。

我還是喜歡讀書，喜歡各種無用的知識；我還是不善理財，對賺錢也沒太大興趣。但我知道，現在的我並不輕賤那個會渴望物質的自己，也會想要過上好生活，也會想要收集滿屋子無用東西的自己。

前半生與物質維持著淡泊關係，其實也需要健康的身體與發揮生命潛能去維持，而我也漸漸體悟到，能夠那樣程度地不倚賴物質，也是靠著剝削身體去達到的。而現在的我，愈來愈意識到，必須對身體好一點才行。

或許，你究竟渴不渴望物質、喜不喜歡它們帶給你的感受，那些感覺之所以重要，關鍵還是，付出金錢來交換那些物質，最終服務的都還是你自己——它對應的都是你與這個世界的關係——你怎麼對待物質、對待身體，最後都回到你怎麼對待你自己。

過去我覺得世界待我涼薄，也可能是因為，我自己對待任何事就很吝嗇。從現在開始，我想對自己好一點。對世界也是。

對此我們無能為力

之一：答案

人生是不停地騎驢找馬的過程。弔詭的是沒人會知道結果，所以我們只好繼續騎驢找馬。

在真正的找到生命的歸屬前，沒有人是真正的解藥或是答案。通常我們連解答究竟存不存在都不確定。所以只好騎驢找馬。

我才漸漸明白，沒有人天生是好或壞。每個人只是辛辛苦苦找到自己要的為止。

因為你還沒找到，你將就在這樣的狀態裡，你無法去愛，於是你背叛、你拋棄、你言不由衷，你在此刻成了一個壞人。

也許有一天你找到最愛，然後對方並不想要在這樣的關係裡。只因她還沒找到最愛。他背叛、她拋棄，他言不由衷、她心中有愧，此刻他又成了壞人。

你在騎驢找馬的過程裡，也被別人當成了驢，你們就姑且地過著。

所以沒有人是好或壞，好與壞都在我們的靈魂裡，也就是一些成分比例而已。我們也因此在不同的關係裡扮演好人與壞人。

找不到答案的過程很痛苦，所以我們有各種的方法，像個小孩似的發洩、使壞、鑽牛角尖，脾氣一發把桌上的食物都掃開。

我們像個孩子一樣的說謊，我們幻想把眼前的人變成別人，我們棲身在好幾個港灣裡換取閃躲的任性，我們利用著別人的信任、賭氣似地傷害別人，然後說著漫不經心的鬼話。

那不是什麼天大的罪，我要跟你說，那只是因為你很害怕、很絕望又很無助而已。

但是你會找到答案的。雖然我不知道在何時、以何種形式，我也不知道答案是什麼。但是你會找到的。

一旦你找到了，你就會打開那道鎖。所有迷霧般的困惑將會煙消雲散、重重的關卡瞬間解開，一條寬廣的路將會敞開，直達你的內心。

一直都沒有好與壞。是的，你明白，你握著的鑰匙一直都在，那是通達內心唯一的答案，這條道路叫做真誠。

唯有真誠，可以幫你找到生命的答案。你不再是好人或是壞人，你就是你自己。

可惜我太晚明白了，還好，我還來得及有一天告訴我的女兒。

之二：我不會祝你情人節快樂

既然你愛我，就別在分手以後，才想到我的好。

就這樣過了一天。一個沒有任何不同的日子。

雖然這個世界以各種不同的方式提醒你，那個節日快到了喔！

那個節日快到了喔！你應該要表示點什麼。
那個節日快到了喔！你應該要躲起來。
那個節日快到了喔！你搞不好可以期待些什麼。
那個節日快到了喔！怕刺激太大你還是別到公共場合吧！

但是，話說回來……

兒童節不是兒童的人是怎麼過的呢？
教師節不是教師的人是怎麼過的呢？
軍人節不是軍人的人是怎麼過的呢？
勞動節不是勞工的人是怎麼過的呢？

沒有怎麼過。這個節日對他們不構成任何影響。也不存在。
對所有單身的人來說，那個節日當然也不存在。

而我其實沒有那麼憤世嫉俗，也完全不會想逃避。照樣騎單車運動，照樣上大街去吃東西，看著一對對情侶我既不反感也不心痛。

我已經過了會大聲說去死或是激動地對高調放閃比中指的年紀了。

有人愛你，那很好啊！不管他愛的是你的外表、你的身體、你的錢、你的個性、你的智商、還是你的幽默感。

總有一天我們會老、會變醜、會忘掉一切、會變得難相處。那些讓我們被愛的理由終究會不存在。

那就在愛我的時候好好相愛吧。

因為相愛是多麼縹渺、多麼不確定，而顯得如此珍貴而難得。你們終究會在美妙的濾鏡逐漸被日常的無聊刻蝕，甜美的糖衣被過多的怨懟稀釋消磨，直到最後雙方都同意雙方已經被這段關係整型成彼此最不喜歡的樣子。而後讓這段關係完結。

既然愛我，就在相愛的時候把愛好好地揮霍吧！

人生恆常是孤獨的，有人陪伴的時間不多，省著用也不會變多。

那種泛著玫瑰色光暈的魔幻時間，是上天給的禮物，在擁有時就好好品味吧，它終究會被要回去的。

你終究會一無所有的，想前想後根本無濟於事。

「男生也會有這種需求嗎？不只渴望被愛，更渴望被愛的是真實的自己？」
「假如我想愛人就不會想到這個，假如我想被愛我應該會想要這樣。」
「但有人只想愛人不想被愛的嗎？」
「我過去都是在愛人，現在覺得好累。」
「我也是。快要累死了。」
「假如還有下次，我希望是被愛。」

但仔細想想，我個性很糟糕，全身上下真的也沒有什麼值得被愛的部分。

或許問題就是出在，我們（好啦其實只有我），談到愛的時候總是只有索求而不願付出吧。

而愛真的不是那麼便宜的東西呢。

那些維持著愛、付出愛的人。其實就像是跑著馬拉松或是持續重訓那樣恆常地每天付出大量的能量好維持體態或是健康的人，我們艷羨之，卻也絕對明白自己做不到。

當我們嘴巴上說著才不需要這個節日呢！或是講著各種去死團的玩笑時，內心裡面卻是對著那個不值得被愛的自己掉眼淚吧！

或許我們害怕／在意這個節日的原因，從來不是因為萬年單身狗，而是每每被迫（一年兩次）去直面那個根本不值得被愛的自己。

而對此我們無能為力。

所以，人生又短又累。幸福的戀人啊，抓住這一天吧！以後我們就要像被沖上岸在沙灘上相濡以沫的魚丁，在此之前用全身的感覺去記得悠游在大海中的歡快吧！

器量狹小如我，是不會祝你情人節快樂的。

我一點也不想去火星

火星的公轉週期是686.98個地球日，因此火星公轉一周的時間，相當於1.881年（地球公轉一周時間）。

但因為火星公轉一周，地球也快公轉了兩次，所以還要再花一些時間，火星才會再次與地球相遇，兩者相會的間隔（會合週期）是779.94個地球日，差不多相當於二十六個月。

在此刻的現在（二〇二〇年初），距離我們最近的下一個地球火星會合日落在二〇二〇年十月六日，從現在算起差不多是生出一個寶寶的時間。

火星的公轉軌道變化比地球大，也就是說太陽偏離火星公轉軌道的圓心位置比地球的程度要大，因此火星的近日點與遠日點差距比地球要來得大上許多。

也因為這個原因，地球每次跟火星會合的時刻，也因為火星距離近日點與遠日點的相對位置而有差異。

本世紀地球距離火星最接近的時刻落在二〇〇三年八月二十七日，當時火星非常接近公轉軌道上的近日點，火星與地球的距離只有0.373AU（AU，天文單位，1AU=149,597,870,700m）。

而地球與火星會合卻遇到遠日點的時間落在二〇二七年二月二十日，兩者的距離是0.678AU，幾乎快要是二〇〇三年的距離的兩倍了。

而兩者相隔的時間是整整二十四年，十二生肖跑了兩輪、二〇〇三年是羊年，二〇二七年還是羊年。號稱歲星的木星則公轉了兩次。

二〇二〇年九月入學的大學生是二〇〇二年出生的，二〇〇三年的時候他們還在包尿布。然後只要是那時候已經懂事、有記憶的人，講到了二〇〇三年，應該都對那年春天的事記得很清楚。

二〇〇三年三月的時候，中國當局一再隱匿疫情的SARS病情終於紙包不住火，急速在東亞蔓延開來。四月一日，一代巨星張國榮墜樓自殺，那是一個香港人記憶中最難過的愚人節。

當時台灣也無法倖免於難，市立和平醫院發生了院內感染，封院之後，只是因為當天排輪值的醫護人員，彷彿就像是抽中死籤一樣，再也不能離開院區——他們在這場透過有限犧牲以封鎖病情擴大的瘋狂博奕遊戲中，被視為可犧牲的籌碼。

我不知道別人怎麼想，我自己心裡很清楚的是，不管人類仰賴的科學文明進程到多麼先進的地方，跟大自然或是上帝玩豪賭、妄想自己可以擲骰子，終究是種徒勞無功的自我膨脹，最終將自取其辱。現代性（modernity）的盡頭、無能與作繭自縛，透過新聞、報紙、集體恐慌與死亡率鮮活地在我眼前上演。而那時我正在讀《槍炮、病菌與鋼鐵》，對我來說，現實世界簡直就是一場文本內外的終極辯證。

我突然對於地球火星的會合日感到興趣，源自於一則報導，其中提到科技狂人馬斯克計畫號召一百萬人登陸火星，透過可回收的非一次性火箭搭載的太空旅行工具，在地球火星會合期大量發射，可以將大量人口送達火星，展開火星殖民地前期的基礎建設工作。

新聞還提到，最棒的一點是，就算你沒有錢，馬斯克也可以讓你先欠著旅費，到了火星之後才工作還債。

坦白說，在百無聊賴的日常生活裡，這則新聞彷彿就像是天外奇想一樣，給我們一種跳脫現實的刺激感，光是那則新聞的啟發，我大概就可以從中想出一個愛情故事、一段移民史詩、一則驚悚懸疑劇，還有好幾個科幻文本。

但想歸想，我一點也不想去火星。

不管你在地球的生活有多無聊、多想跳脫，試想當你到了一個白天好比撒哈拉沙漠，晚上變成南極的地方，沒有什麼風景、沒有什麼娛樂、氧氣與糧食都很有限，你必須與一大堆跟你同時一起抵達這裡的人們平分這些稀有的資源，想辦法活下去；而你已經欠了一大筆債、必須要長時間工作償還……

嗯……最後只會是恐怖片與悲劇。

我很確定，我喜歡太空，是因為在沁涼的夏夜望著夜空的星星編織故事非常浪漫，知道地球與火星每隔二十六個月會合很浪漫，知道二十四個寒暑之後，地球與火星的會合從近日點移到遠日點，地球上的人們老了二十四歲，而火星則未曾老去，這也很浪漫。

但就只是這樣而已。

我一點也不想去火星。

故事大王

在文山區的某個社區，某條平凡的捷運線上某個捷運站附近，某一條平凡的小巷子裡，開了一家平凡的租書店，不是白鹿洞那樣的連鎖企業，就是一個六十多歲的老闆，開的一家小小的租書店。

老闆真心愛書，真心喜歡漫畫。大多數的時間，他都在跟客人閒聊，推薦客人適合他的漫畫。

光是這樣的開場好像就是一個故事的基礎世界設定了呢，好比一個聽客人的心情為他調酒的調酒師、一個什麼料理都做得出來的深夜食堂、一個替卡到陰的客戶驅邪除靈的靈界偵探、一個任何問題都能幫你解決的萬事通事務所。

但是這真的不是什麼特別的故事，那就是一個店內大小約十來坪，擠滿了幾千冊漫畫小說雜誌、有生鏽的鐵門、充滿歲月刮痕的鋁門窗……店裡常常瀰漫著綠油精的味道，因為書太舊所以待在裡面五分鐘就會感覺手臂被跳蚤咬了，一間開在早餐店與中式餐館中間的平凡租書店。

老闆會跟任何他鎖定的活物聊天，所以我都要儘量避免與老闆對到眼神，不然通常很難脫身。我進門的時候，老闆正與前一個客人聊天，聊到了星野之宣二○一五年的新作品。

星野之宣啊，老闆果然有深厚的素養。

有可能是因為位在文山區，老闆的客人有大量的大學生，台大政大世新的都有，店裡面的漫畫大多數大有來頭，《人間失格》的漫畫版旁邊又是《姑獲鳥之夏》的漫畫，隔壁則是湊佳苗的《告白》（也是漫畫版）。

我的目光突然被老闆推薦的字條吸引了，「這部漫畫借閱次數曾經是負的，但在大家的支持下次數已經創新高。正正正」，這應該是表示已經被借了十五次的意思吧（別問我為什麼會有負的）。我好奇地拿起書，是百田尚樹原作、須本壯一作畫的作品《永遠的0》，講述太平洋戰爭時期馳騁西太平洋天空的零式戰鬥機與傳說中的飛行教官宮部久藏的故事。

我看過電影，印象中無限延伸的太平洋海天一線，以及零式戰鬥機輕巧伶俐地彈起，以魔鬼般的曲線掠過空中閃電似的機槍掃射的光斑，巨大的引擎聲在爆炸後的短暫耳鳴裡會達到無聲又和諧彷彿巴哈樂章一樣的穩定振動，飛行員在狹小的機艙裡被飛濺的機油、被擊落的同袍噴溢的血水四濺的臉上露出彷彿受洗一般的聖靈充滿的剎那，在腎上腺素極度亢奮中不可思議地像在子宮裡面一樣安詳又無聲的瞬間，在敵機的交纏中墜毀爆炸。

我的思緒瞬間被拉進一九四四年的太平洋上空，忽然聽見老闆跟客人聊起了尼斯湖水怪的故事，一個發生在二次大戰期間，屬於盟軍進駐的蘇格蘭高地湖泊，一個小男孩就算冒著危及軍事機密與國家安全也要守護的一段真摯情誼。

怎麼一個二次大戰，有這麼多說不完的故事啊？如電影《模仿遊戲》，講的是英國的邏輯學者與符號解碼專家艾倫圖靈（Alan Turing）與他的團隊試圖破解德軍有史以來最偉大的情報加密密碼系統Enigma的故事。

另外一個奇幻文學大作《納尼亞傳奇》，故事背景一開始正是倫敦大轟炸，所有的倫敦兒童在國家的戰時避難計畫中疏散到全國鄉下，其中一組四兄弟姊妹在他們疏散的大宅邸當中，發現了一個不能進入的房間，裡面的衣櫥正是通往一個異世界大門的故事。

更別說是當代小說的經典，作者透過彷彿與魔鬼交易而來的驚人才華，以死神的口吻緩緩說出不可思議又教人心蕩神迷的離奇字句，讓所有說故事的人幾乎都要嫉妒不已的優異之作《偷書賊》，故事背景也是納粹德國一個邊境小鎮的小女孩Liesel的故事。

一個偉大的時代，可以迸發出千萬個故事，餵養著生活在物質充裕想像卻很貧乏的空白時代裡，我們飢渴的靈魂。

老闆眼神已經對到我了（唉呀我跑不掉了），「所以說漫畫書的好處還是電腦跟網路不能取代的對嗎？」（老闆你聽過麥克魯漢嗎？）我怕我一回嘴大概就不能脫身了硬生生把話給塞進去了。

結果老闆自顧自地塞給我一個故事。

「你拿的這套書啊，是我網拍買到的喔！」老闆的話題除了文本賞析、科技與人文的對話外，最常出現的主題就是「我如何買到這套書」。「結果你知道嗎？賣家居然是我以前的客戶。」

老闆精通說故事的要領，開門就要有哏。「我其實那個時候看那個賣家的ＩＤ啊，就猜到我有可能認識，他又住在新北市，我就寫信跟他說其實我在文山區，你可以直接給我或我找你拿都可以，這樣可以省運費嘛！」

「結果他都不回我信，直接就寄過來了，後來我照著賣家提供的電話打過去，果然是以前的客戶，他以前念台大的時候就住附近，還會拿著PTT上面推薦的書單一本一本問我有沒有。」老闆這時拿出一個資料夾，裡面充滿了各種顏色、各種大小，平整揉爛狀態不一的紙張，然後掏出其中一張，那張A3大小的白紙上用黑色簽字筆列出了幾十本書目，旁邊老闆用紅筆題註，註明店裡有書或無書的狀態。

我看了一眼，那字跡雖小但相當整齊，看得出來是個做事一絲不苟、謹小慎微的人寫出的工整小楷。紙張有一點泛黃，邊緣已被摺過數次，老闆你到底收藏這些紙有多久了啊？

老闆這樣一個人，六十多歲的數位移民，可以用網拍來買書、用簡單的老式DOS系統管理藏書，但是會眷戀書的質感、翻頁的觸感、書的氣味，將畢生的積蓄拿來收藏漫畫，死守一個十來坪大小瀰漫著綠油精氣味的小租書店，一個堅持活在類比時代的人。

不待我發出感想，老闆自顧自地說出這個故事意味深長的刺點。「我就直接問她說我就是你以前常來的租書店老闆啊！你為什麼不直接跟我聯絡就好了呢？

幹嘛一定要用寄的呢？」

是啊為什麼呢？如果我在天橋聽說書，現在早就開始做效果了吧。

「她說啊，她其實是因為搬家所以要賣書，而且她已經跟以前常常一起來店裡的男朋友分手了，她怕我會問她的近況，所以故意不聯絡我。」

啊！原來故事的主角是女生啊！一個讀台大的女孩在她最寶貴的花樣年華中與一個男孩共同分享了他們生命中最美的時刻的故事。租書店、早餐店、小餐館，在這條文山區的平凡小巷裡，他們兩人曾經手牽著手一起散步、買五十嵐、排隊等鹹酥雞、逛夜市、吃豆花、玩附近的貓，在下雨天共擠一把傘，他騎車載著她去台大上課。沒課的時候無聊地賴在床上，把腳翹到對方的肩上，一個玩手機，一個看書，這樣耗過了最奢侈的黃金時代的每個下午。

然後那女孩終究離開了男友，離開了文山區，離開了永不回來的大學時代。此刻的她在新北市另一個平凡的社區裡，白天起床穿著套裝坐捷運去上班，為了搬家，把收藏多年的回憶一一上網換一個公道價。

老闆給了她回憶，老闆再出錢把回憶買回。

這個世界的定律或許是等價交換，但故事的世界裡常常不是。愛情不能等價交換，時間不能等價交換，付出與獲得不可能等價，回憶也不可能等價。

就好像我沒有付一毛錢，老闆就很慷慨地送我一個故事，假如有天我要靠寫故事維生，老闆可能是我的海底石油礦。

最後，我在書堆角落裡發現了一張卡片，是某個國中生寫給老闆的感謝卡。某種意義來說，是這個國度的子民們對於這位白髮蒼蒼的故事大王福澤廣被的敬意與謝意。

很顯然這個不起眼的十來坪小店，一個故事與故事並陳擺放，陰陽師與名偵探比鄰而居的異質空間，也這樣滋潤了一個十來歲的飢渴靈魂。

這個年輕的靈魂，用最直接而真誠的話語，來向這個六十多歲的故事大王，表達他的感謝。一家瀰漫著綠油精氣味的老舊狹小店面，餵養了一代又一代的靈魂，在他們青春而苦澀的時光裡，給予了他人無法取代的救贖，在每個暮色西垂貓咪打盹的午後，用最奢侈的方式揮霍著他們的年輕時光。

然後有一天，他們的年輕故事，又會被健談的老闆收納進去，代謝成新的故事。故事王國裡，廣袤的國土以有機的型態持續增長。在難以等價交換的言說世界裡，老闆就是那個慷慨大方，但資產永遠不滅的故事大王。

Dubrovnik的奇特邀請

之一：Mateja與Josipa

「路易！你要不要趕快移民來克羅埃西亞？」

「真的！快點！我們等你！」

Mateja跟Josipa是我在杜布羅夫尼克（Dubrovnik）交到的，不是貓的朋友。在與她們告別的臨行末班公車上車前，她們還是不死心地勸我，成為她們的一份子。

這是宇宙給我的訊息當中最奇特的邀請。

從札達爾坐了快八個小時長途巴士，中間遇到兩次意外中途換車，經歷千辛萬苦才到杜布羅夫尼克；結果又遇到住宿詐騙，訂房網站上面的照片漂漂亮亮，結果實際的房間根本沒有景觀，而且像是兇案現場。

最有名的聖布萊斯廣場與杜布羅夫尼克市民保衛家園的精神象徵羅蘭雕像柱整個圍起來在整修。

即使已經天黑了，史特拉敦大街還是滿滿的團客，講著普通話、廣東話、韓文與台語，我被擠到頭有點痛。

一生中朝思暮想十多年的杜布羅夫尼克，是以這樣糟糕的狀態初見面。我覺得她不歡迎我。

我受不了吵雜的人潮，盡往僻靜的小巷走，不經意地路過一棟老房子前，一股氣味傳來，讓我一下子跌進記憶的深淵。

此刻我突然回到了外婆家的廚房，更精確地說，是外婆家廚房後面，用很簡陋的磚與水泥，還有鐵皮屋頂搭出來的違建，是外婆家的儲藏庫兼廚餘垃圾堆置場。

記憶中那裡是一個永遠黑暗的地方，永遠散發著惡臭，那裡是我童年回憶裡數一數二害怕與討厭的角落之一，變成我夢裡的象徵，躲藏著令人毛骨悚然的事物的場景。

那味道是什麼呢？我認真確認，是強烈的魚腥味與食物腐敗的味道。遠在感官直覺與強制性記憶回放之後，我開始分析，才想起來魚腥味為什麼可以帶我回到童年。

小時候爸媽每天都要上班，從幼稚園開始，放暑假的時間爸媽就把我託給外公外婆幫忙帶。

外公每天早上起很早去市場販魚，然後騎著鐵馬腳踏車去附近賣魚。賣完了就回來，有時賣不完就帶回來給外婆煮了當午餐。我印象中當時好像天天有魚吃的。

可能是要處理賣剩的魚，也有可能天天都賣不太出去，廚房後面的垃圾堆，長年散發著惡臭的魚腥味，成為我從小惡夢的好發場景。

但此刻當我被魚腥味帶回外婆家的當下，我沒有任何厭惡感，只有滿滿的想念。外公外婆在我大三跟碩一那年分別過世，外婆家已經被舅舅改建出租，那個場景，我再也回不去了。

突然之間傳來的外語交談聲打斷了我的思緒，我意識到我應該是位在一家餐廳的廚房外面，而且十有八九，這是一家海鮮餐廳。

果然我繞出餐廳面對街道的正門口，招牌上面寫著「城裡最好的牡蠣與壽司餐廳」看得我好心動。這幾天的旅程一直趕路，為了能夠爭取最多的時間在老城的大街小巷裡穿梭步行，我幾乎沒吃東西，或是胡亂買個三明治果腹，至今沒有好好坐下來吃一頓飯，也沒有機會品嚐達爾馬提亞地區最有名的牡蠣。

不過那天一整天都坐在巴士上，其實並不餓，所以我只想先打聽看看菜色，也許隔天晚上可以來吃；更重要的一點是，我在旅行中累積的心得：歐洲標榜壽司餐廳的，建議你都最好先詳細研究一下menu，本格派的正統壽司非常少，大多數都是歐洲人以熱情奔放創意無限的研發精神創作出來的鬼東西，我在馬德里吃過一間算是有創意，其他的大多數都會一秒惹怒所有米食民族。像是披薩加了鳳梨或是麻婆豆腐加珍珠那樣罪無可恕。

服務生看到我跟我道聲晚安打招呼，我很有禮貌地請問：「你們的壽司是什麼樣的？是傳統日本壽司嗎？」回應我的是一位矮矮的長相很清秀的棕髮女孩，她很專業地說：「你可以參考我們的菜單，上面有照片，你可以判斷這是不是你所定義的傳統壽司。」

我順著她指的方向看過去，卻沒有看到菜單，於是女孩叫另一個金髮的服務生跟我說菜單在哪裡，金髮女孩很開朗地說：「I'll show you.」然後就拉著我的袖子到餐廳戶外座位所在的中庭廣場。

我被她這突然的舉動嚇了一跳，那是種亞洲人通常避免肢體碰觸的結界突然就被開朗地打破的一種微妙的感覺……意外但真誠，所以不討厭。

然後我研究一下菜單，發現其實挺貴的（價錢我們後面聊），於是跟她們道謝後我又繼續在僻靜小巷裡獨自探索的行程。

往前走了一會是一個封閉的三角形廣場，也是貓的天堂，我在哪裡摸貓玩了很久，認識了很多貓朋友，大享齊人之福把每一隻都摸遍了才發現封閉廣場是個死路，於是我（帶著充分吸貓以後的爽臉）又循原路出來。

出來的時候餐廳似乎只剩下一桌客人了，服務生看起來也很閒的樣子，那個棕髮的服務生女孩叫住我，跟我說：「不如你坐下來吧！我請你喝東西。」

我想著這世界上怎麼會有這麼莫名其妙的事還是乖乖坐下來了（聽到命令就會服從）。

棕髮女孩上了兩個shot杯，一杯的液體是金黃色，一杯是深紅色。她說你慢慢喝啊不急我先去忙，我說我不太能喝酒耶她也沒有理我，反倒是金髮的女生忙完了，她說這是shot杯你要一飲而盡，而且叮囑我要先喝金黃色那杯。

金黃色那一杯沒有我以為的酒精刺鼻味，相當滑順而且入口回甘，我睜大眼睛不敢置信。金髮女孩一副I told you.的表情對著我笑。接著我再喝深紅色那一杯，味道非常甜、非常濃郁，我從來沒有喝過那麼好喝的酒（這不是誇飾，因為我平常根本不喝酒）。

這時棕髮女孩已經忙完回來了，我問她這是什麼酒，她說那杯是櫻桃利口酒，而我先前喝的那杯是chardonnay。

接著她們問我剛剛去哪裡，我很高興地說我剛剛發現了貓的樂園，吸了一堆貓，然後給她們看我這次一路旅行下來拍的達爾馬提亞貓界後宮群芳錄寫真集。

金髮女孩非常興奮，她給我看她家養的暹羅貓的照片，然後她很興奮地跟我招手，叫我跟她去探險。就在我剛剛被魚腥味惡臭煞到一瞬間回到童年的廚房廚餘回收的隔壁是一棟廢棄的老房子，裡面有母貓生了一窩小貓，她特地指給我看其中有一隻睡眼惺忪的小貓，牠嘴唇上方的肉球有黑色的毛，好像長了小鬍子一般，是一隻小小希特勒。

金髮女孩一邊指給我看，一邊笑到快瘋了。

就在這樣奇特的邂逅與開場之下，準備打烊下班的她們開始跟我大聊特聊。

一開始邀我坐下請我喝酒的棕髮女孩叫做Mateja，今年二十四歲，還在念大學。金髮的女生叫做Josipa，今年二十三歲，她告訴我，她的名字就是Joseph的克羅埃西亞版女生的名字，大概相當於英語或法語的Josephine。

她們問我的名字，我告訴她們 Lu-Feng，但是她們很困擾地說這個太難記了，「我可以叫你路易好嗎？」

接著她們問我年齡，我請她們猜猜看，一開始 Mateja 猜二十八歲（由此可以看出她的個性比較有歷練與世故），我請她們不用客氣往上猜，她們猜到「三十二歲？」「更高？不可能！頂多三十六歲不能再高了！」直到我公布答案她們簡直不可置信，一直說你們亞洲人年齡真的很不可預料。

她們兩人雖然年齡才差一歲，可是個性天差地遠。Josipa 是一個開朗活潑又沒有戒心的女生，從她不認識我就拉我袖子，或是興致一來就拉著我去看貓都能反映她個性裡的天真無邪。

Mateja 則完全呈現出超出她實際年齡的世故與成熟，但是卻沒有壓抑與掩藏她的幽默感與愛開玩笑的一面。她來自首都札格拉布，從十六歲開始一邊工作一邊讀書，完全靠服務生的工作養活自己，有八年的工作資歷，已經是非常資深專業的餐廳侍應生。

然後接下來這件事讓我下巴掉下來，Mateja 明年要跟男友結婚，她已經靠她的薪水在札格拉布買了一層公寓預售屋，明年即將完工。

我忍不住問公寓多少錢，她告訴我大約八十萬kunas（克羅埃西亞貨幣），折合新台幣約四百萬元。我問她房子有多大，她說大約有兩百多平方公尺，算一算大約等於六十幾坪。如果加上大陽台（因為樓層的關係，她的房子外面是一個L型包覆房子兩邊外圍的大陽台），那又是房子的一倍大了。她很開心地叫出手機裡的房屋平面基地圖給我看，那個陽台果然是大到令人髮指（歐洲人非常重視曬太陽，所以陽台是房地產的勝負關鍵）。

我聽了以後跟她說，四百萬台幣在台北連個廁所都買不起，她們聽了大呼不可思議；又問我那像Mateja 這樣條件的房子要多少錢？我算算在台北市中心超過六十坪還有大坪數陽台的新房子起碼要兩千萬，換算成kuna給她們聽，換她們下巴掉下來。

於是她們問我薪水多少，我把我博士後的月薪換算成kuna，她們聽完以後不約而同露出一種感覺相當複雜，但可以讀到某種欠揍感的爽臉。

「路易，我跟你說，我們當餐廳服務生，一個月薪水就比你高了。」

我還跟她們說博士後的月薪在台灣的受薪階級裡已經算是中等以上了。她們聽完露出這世界上有一半的人都沒飯吃的那種同情的眼神。

接下來我們又聊到工時，服務生的工作算是比較長的，她們通常是中餐時間做到下午三點，然後休息到六點再繼續做到十二點打烊，不過時間算彈性，也可以選擇兩班制輪流，一班從中午到晚上六七點，另一班從六點到打烊，同事們互相排班，可以彈性支援。

「而且，路易，這還只是底薪而已，還不算我們每天會收到的小費。」她們平均一天會收到的小費因人而異，通常是各自收，但是她們兩人感情非常好所以講好了兩人每天平分小費。她們每人平均一天可以收到一千兩百kunas，換算成台幣大約六千元。

我跟她們說在台灣一天想賺六千元只能去建築工地碰碰運氣，她們又是一臉教宗聽聞非洲孩子餓死路邊的表情。

「路易，說真的，你要不要移民來克羅埃西亞？你的日子可以過得更快活？」

「謝謝！但是克羅埃西亞語真的好難。」

「可是我是認真的，這裡你可以一邊賺到錢，一邊想你要過什麼樣的生活，往你的目標前進。」

Mateja半工半讀，預計明年完成學業，她主修國際企業，她的工作為她賺到了房子，她接下來會再用賺的第一桶金來創業，她是非常築夢踏實的個性。

而Josipa則是還不想決定以後要做什麼，但是現在的工作卻能讓她存錢，休息時間又可以到處去玩、去海邊曬太陽，或是單純發呆享受人生。她感覺雖然有點少根筋，但是姐姐一般的Mateja 也會照看著她。現在餐廳的男服務生想追她但是她說他們只是朋友啦！可以看出Josipa什麼事都不想立刻定下來，只想活在當下享受自由的人生態度。

那天打烊後，我送她們到派勒城門搭公車，她們上了公車後我用力揮手，她們也在車上跟我揮手道別。我們好像認識了好久好久的朋友。

我們約好了第二天晚餐時間要去她們家餐廳吃牡蠣與壽司。

那天晚上我依約前往，她們開心地跟我擁抱，好像我們已經認識了好久（明明才認識一天而已）。

Please have a seat, sir.

Mateja故意假裝跟我不熟地專業帶位，我們笑成一團。她領我在昨天的同一個位子坐下，彷彿我才剛喝完那杯利口酒。

And what would you like to order, sir?

打開menu點菜的時候坦白說我有點卻步，我剛剛前面有講過其實價錢不算便宜。單一個生牡蠣是十八kunas，相當於九十台幣，但你當然不可能只點一個，那也太難看了。握壽司也是單一個大約二十五kunas，約合一百二十五台幣，自然你也不可能只點一個，假如想要吃得算豐盛，加上飲料（歐洲餐廳通常都要點一杯飲料算是低消），可能不小心幾千台幣就飛掉了。

這樣的價錢對我們算貴，主要是收入結構的問題。在歐洲，坐下來吃一餐最起碼就是二十五歐元（約合台幣八百五十元～九百元），對歐洲人所得比來說只能算是小錢。也因為台灣飲食費用非常低廉的整體市場競爭所導致。台灣的大麥克指數，跟許多國家比都算非常便宜，也反映台灣的餐飲消費競爭現況。

我看著菜單有點猶豫，問她們該點什麼好，她們眨眼說你想吃什麼就點，錢的事不用擔心。

那天晚上我們聊了好多好多事，包含各自的生活與夢想，也聊了很多彼此國家與城市的生活習慣跟文化差異。她們說新加坡人給小費最大方，然後問我中國人到底怎麼回事？模仿中國客人種種匪夷所思讓人傻眼的行徑。

我也趁機跟她們說了台灣與中國複雜的關係還有香港的現況，她們完全可以理解。因為代換成塞爾維亞就知道了。我們突然之間有種小國面對巨大鴨霸敵人的惺惺相惜感（塞爾維亞不算大國，但背後卻有俄羅斯在撐腰，算是巴爾幹諸國都不喜歡的惡鄰居）。

後來她們只算我壽司與飲料的錢，牡蠣由她們請。我既感謝她們的熱情招待，又打從心底感受到在異地被當成家人照顧的溫暖。

永恆的絕美之城杜布羅夫尼克，派出了兩個天使來招待我這個疲憊的旅人，寬容地接納了我。我為我先前來到這個城市的一些不愉快而懟這個城市拒絕我感到羞愧。

第二天告別的時刻，我一樣送她們到派勒城門廣場搭公車。她們開玩笑叮囑我記得上trip adviser給她們餐廳五顆星，還有記得要講她們的好話，她們好拿著寫中文的好話去跟老闆談加薪。

「你怎麼知道我寫的中文會是好話？」

「反正google會翻譯啊！看得懂意思就好！」

我們講完一起大笑了。

我們知道這是彼此最後一次見面，依依不捨地擁抱告別。上了公車後，我依舊用力地揮手，她們在車上給我飛吻，我們一直招手直到看不見對方為止。

末班公車駛離後，所有對外交通斷絕，城市回復為一座孤島。只有我在孤島上，被城市溫柔地包裹在優雅的街道紋理裡。

去一座城市旅行，是為了離開。

多少次我去過各個美麗的城市，離開的時候卻也沒有太過複雜的情緒，我想那是因為我很小心不放感情的關係。

巨蟹座一旦放了感情，就無法收拾。對任何人來說，這收不回的情感都是件麻煩事。

但是這一次，我已經收不回來了。

之二：最後一夜

我想我會永遠記得這個夜晚。

在派勒城門口送Mateja與Josipa上公車。她們是我在這個城市交到的不是貓的朋友。

我們擁抱、告別，她們一直叫我趕快移民來克羅埃西亞，然後逼我要在trip

adviser 上面給她們的餐廳打五顆星然後拚命講她們好話，她們好跟餐廳老闆談加薪。

送她們上末班公車後，所有的公車都離開了。與外界聯繫的最後交通工具揚長而去，這座城市再度成為了陸上的孤島。

這是我待在杜布羅夫尼克的最後一晚，明天上午就要搭長途巴士回斯普利特坐飛機。

我一點也不想回旅館睡覺，只想像是癆病鬼貪心地吸著最後一口鴉片一般在史特拉頓大街上逡巡。彷彿無主的遊魂一般。

假如要當鬼，註定只能在一座城裡孤單飄蕩，那我寧可選擇當杜布羅夫尼克的幽靈。

一路從史邦查宮飄到聖布萊斯教堂，再到聖依格納修教堂廣場；整個城市靜悄悄的，大街上一個人都沒有，只有夜行的小貓，謹慎地沿著教堂石基座的邊緣側線上踽踽獨行，無視那些夜晚的幽靈。

這座屹立在亞德里亞海濱超過一千多年的城市，此刻只剩下我。

只有在這個時刻裡，這個城市是屬於我一個人的。

我知道再過幾個小時，日出之後，一台一台沙丁魚罐頭般的遊覽車又將載著一團一團的觀光客踏進城門。這條神聖的大街將被俗不可耐的喧囂嘈雜淹沒，骯髒的涼鞋踩在千年石板地上，口香糖、冰淇淋、啤酒、尿液會不停輪流弄髒這條大街，遠遠超過這座城市所能負載的程度。

但起碼有這麼一刻，這座永恆的絕美之城，如此安靜、包容、純粹、精緻地像是捧在手心裡的精巧模型，一如瑞士工匠打造的機械錶一般運行著只屬於自己的天長地久。

我走到舊港碼頭。即將接近滿月的月亮在漆黑的夜晚熠熠生光，海上的波浪染成一片銀白。

空中沒有光害，秋季的星空像千百年前一樣提醒著農民收成莊稼、提醒海上的水手回家的方向。獵戶座緩慢地從東方的天空升起，永恆的三顆星連成的腰帶在數千年前指引著古埃及的古夫金字塔群。

漸漸漲潮的波浪拍打著碼頭。

她一直在呼喚我。

我非常害怕。

我非常害怕我內心想要被海浪吞噬的渴望。

她是如此溫柔，溫柔到必須不停壓抑想要一頭栽進的渴望。

我想我會永遠記得這樣的夜晚。我生命的一部分已經永遠住進了這個永恆之城。

這樣我就不會完全地死去。

但我再也不能完全地活著。

山丘上的城市

有一天在咖啡館無聊時抓了紙筆塗鴉，畫了一座想像中的城市。

這座城市沿著起伏的山丘地形逐級而上，十七世紀的斜屋頂房屋層層次次錯落在梯級上，下一排房屋的屋頂變成上一排房屋的走廊過道，平整的街面既是騎樓也是陽台同時是人家的屋頂。

不過我在想，終究在現實中沒有這樣的街道吧！

在我的想像裡，這座城市因為高低落差大，所以許多的道路立體交疊，圓形廣場的下方卻是隧道，供另一個方向的車道行駛，汽車道又重疊在鐵道上，成為一個看似古老卻又充滿十九世紀蒸氣歌德風科幻氛圍的城市。

結果沒有想到，這世界上真的有這個城市！

重點是，我老早就聽過她的芳名但從未仔細探究過。

直到一張幻覺般的照片的相遇，我看到了這條不可能的街道：愛丁堡舊城區的維多利亞街。

在照片裡我才真的看到有一條街把一整排平整的屋頂變成上一排人家的街道與陽台。原來我信手拈來的奇想是真的可以實現的。但我一直在想，那麼下排的人怎麼願意呢？當你家屋頂上是人家的街道，晚上又怎麼吃得消？這件事怎麼想都覺得相當困難啊。

愛丁堡這個城市對我來說不陌生，他的北歐雅典的稱號以及歐洲藝術之都的名號早已如雷貫耳，做為蘇格蘭王國的首都，承襲著蘇格蘭人驕傲的傳統與斑斑血淚，象徵蘇格蘭王室排場的「皇家之哩」（Royal Mile），都是我對這座城市的基本印象，然後就沒有更深入的瞭解了。

直到透過了一張照片認識了維多利亞街，我才發現這座城市充滿了讓我憧憬不已的所有元素，包括連結皇家之哩與王子街的北橋，跨越了其下的鐵道與火車站，從建築物屋頂的高度竄出，這也是我心目中的維多利亞立體城市的幻想原型之一。

除此之外，還有一條瑪麗金街（Mary King's Close），是條貧民窟的地下街，因為黑死病而封閉，其後地下街又轉做了交易所。這個地點大概是集合了所有魔幻故事必備的地點吧？地下、市集、交易、黑死病、貧民窟、挖墓者。

這個奇幻的異質空間，已經具備了一個魔幻小說的絕佳舞台，能夠與之比擬的，可能是巴黎的拱廊街（Passages Couverts）、哈利波特的斜角巷、伊斯蘭城市的麥地那大巴扎（Grand Bazaar）。放在我們的城市脈絡，大約是中華商場加華西街加上剝皮寮。

不過最吸引我的部分，還是因為愛丁堡這座城市，是一座建立在山丘上的城市。

一直以來我對於建在山丘上的城市總是有種莫名的熟悉與既視感。十九歲大一那年跟著社團活動第一次到九份，奇怪的是九份街道與階梯小巷彎曲莫名，但是才去一個上午我感覺已經對每條巷道熟悉到不行，好像我住在當地幾十年了一樣。

後來二十六歲那年碩士畢業，去巴黎自助旅行，當時也是到了蒙馬特突然就有種莫名的熟悉感，尤其是在蒙馬特葡萄園那個十字路口前（不遠處就是狡兔之家），我彷佛像是看過十九世紀的景觀、一百年後重逢一樣，在那個路口呆立了許久。在蒙馬特我也是不需靠旅遊書就可以信步走到聖心堂、帖特廣場、山丘頂的葡萄園與狡兔之家，還有山丘腳下的皮佳樂圓環與紅磨坊，那種說不出的「好像以前住在這裡一樣的方向感」，還有在夢中見過的蒙馬特小巴士，我至今也沒有辦法解釋。

二〇〇八年在京都自助旅行的時候，也是一直往山上跑，甚至從南禪寺一路爬上去跑到了隔壁的山科。當時不管是走在坡地旁的哲學之道，或是矮丘上的高台寺與銀閣寺，都一直深深慶幸台北好像京都一樣，是個四面環山的盆地城市。

後來二〇一六年去義大利自助旅行時，還是對山城情有獨鍾。許多義大利中古時代的城市，為了防禦的需求，常常是整個城市都建立在一個獨立的山丘上，不管是濱海的熱那亞、五漁村、拿坡里，還是內陸的山城阿西西、佩魯賈，都讓我神遊其中、迷醉不已。

而去年（二〇一九年）去西班牙安達魯西亞省的格拉那達，原本是為了世界遺產的阿爾罕布拉，沒想到去了以後，最教我念念不忘的卻是佇立在阿爾罕布拉旁，從摩爾人統治時代就整個山丘布滿了阿拉伯風格別墅的阿爾拜辛區。那一天我像是著魔了一般，從白天到深夜，拿著一張地圖，想要貪心地把整個阿爾拜辛區的大街小巷、階梯坡道全部都走遍。還記得當晚回到飯店時幾乎雙腳感覺要全廢，但是整個阿爾拜辛區沿山坡而建的城市肌理、道路網絡、泉水廣場、清真寺與教堂，就這樣像是銘刻一般住在我的腦子裡，我到現在都能在腦海中重遊那些巷道景點，一樣，「就像上輩子住過一樣」。

到底為什麼這麼喜歡山丘上的城市呢？實在說不出個所以然。

不過我知道，這個世界上還有好多座建在山丘斜坡上的美麗城市。好比在坡道盡頭有美麗洋樓異人館的神戶北野，有叮噹車慢慢上坡的舊金山，有基督像從Cocovado山頂眺望Ipanema海灘姑娘的里約熱內盧，有盤據著小丘扼守金角灣的伊斯坦堡，有小巧可愛的古老電車一路上坡的里斯本，有從中環到半山的上坡電扶梯旁邊的公寓裡住著失戀警察代號663的香港……

突然發現這些列出來而我還未去過的山坡城市，他們有一個共同點，就是山坡都凝望著大海。

我的前半生，都住在一個四面環山的盆地城市裡，雖然夏天悶極，但還好看見大海只要四十五分鐘捷運的車程。接下來的人生裡，如果可以選擇，我還是想要住在城市邊緣有矮丘的地方，要是可以的話，看見海會更好。

不過在那之前還是要先去一趟愛丁堡才行。

輯五

愛是唯一的魔法

永遠要記住，能夠解除魔咒的，就只有當你「願意」，當你有值得信仰的價值、值得守護的事物、一個心靈的歸屬、一個在各種意義上的「家」── 那麼，這些就值得你付出一切來爭取，突破困境的覺悟與決心。

鬼島神隱記之愛與迷相

很久以前日本朋友曾經跟我解釋過「神隠し」的意思，在過去古早的年代，有時會發生小孩子無故失蹤的事件，當大家遍尋不著之際，就只能用「神隠し」這種說法來解釋，也就是「被神明帶去某個地方了」，用我們熟悉的話來說，就是被鬼抓走。所以神隱少女就是在講被鬼抓走的小孩到底去了哪裡的故事。

當然從現代的時空背景來看，小孩失蹤了發生什麼事大家一定心知肚明，當然也不可能找回來了。假托神明帶走了，或許對於孩子的父母來說，是一種聊勝於無的安慰。

在一個人們以敬畏之心與大自然力量相處的年代，因為相信萬物皆有靈，人們會以更謙遜的態度看待自己的存在，以及對周遭的一切一視同仁。因為對萬事都沒有把握，對於生命的失去，或許也會比今日要來得豁達，或至少不強求。

這樣是好或壞我無從評斷，但是神與靈參與作用了日常生活，或解釋了許多

「未知」、「不明」與「難解」之處，讓這樣的世界觀多了幾許詩意。

已經不知道第幾次看神隱少女了。

但這次又發現了一點東西。搞不好很多人早就發現了只是我太遲鈍。

千尋的父母被湯婆婆變成了豬，即便在豬圈裡跟所有的豬混在一起，千尋也可以認出他們。白龍變成了龍，千尋還是可以認出那隻龍是白龍變的，不怕白龍狼狗般的利牙，將手深進它嘴裡餵它吃河神的丸子（龍有狼犬般的頭顱與低吼聲真是一種準確拿捏熟悉與陌生比例的比擬法）。

但是，湯婆婆極端寵愛、溺愛、過度保護的小少爺（巨嬰寶寶），被錢婆婆的魔法變成一隻肥老鼠，即使站在湯婆婆面前，她也認不出來，還嫌哪來的髒老鼠；這讓小少爺很受傷，也決定離開湯屋去冒險（在此之前他總是被湯婆婆灌輸外面的世界都是病菌，去外面會傳染病菌很危險）。

我今天才領悟的是，魔法可以改變事物的形貌，產生迷相，誤導我們的知覺、我們的識；而唯一能夠看破魔法的障壁、看穿事物本質的力量，是愛與羈絆。

千尋本來是個小屁孩，對父母只有依賴；直到父母變成了豬，她必須想盡辦法解救父母，她開始明白家人的羈絆的意義（為家人犯的錯贖罪），毅然挑起了為人子女的責任。這是一份無私的愛，愛讓千尋可以認出父母變成的豬。

白龍在千尋無助的時刻第一時間解救了她，千尋對白龍除了感恩還有一種莫名的羈絆，原來幼時欠下的救命之恩，將以恢復白龍姓名的方式來歸還。受人點滴露水，就要以眼淚湧泉相報，這又讓我想到了賈寶玉與林黛玉。

但湯婆婆對小少爺的愛是溺愛、是自私的愛。那種愛只是把對方當成反射自己的事物罷了，她愛的還是自己。所以她無法認出變成胖老鼠的小少爺，她從來沒有認真看過小少爺的本質，她愛的只是小少爺肥嘟嘟的皮相而已。

這或許是電影裡想要輾轉告訴我們的事；現實世界裡沒有魔法，但是誤導我們的迷障倒是不少。假做真時真亦假，在這花花世界裡似是而非的道理太多，絕大多數的事物表象也都充滿了不確定，這叫我們很焦慮。

然後我們逐漸麻木，擁抱真假不分的魔法世界，迷戀虛擬偶像、談虛擬戀愛、看虛假的新聞、談論虛假的緋聞、吃假的布丁、假的冰棒、喝假的果汁，再搭配虛擬牧場生的蛋，還有大賣場裡的未來食品。

唯一可以幫助我們看穿這些迷障的，就是愛。這聽來煽情、老哏又荒謬，但是確實是如此。

真誠是唯一的試煉，幫助我們在謊言堆積的漫天大霧中找到方向，洞穿不誠懇、不真實的說詞、掩飾與宣傳。真實的熱情，真實的愛，讓我們得以連結出彼此的羈絆，去對抗謊言、惡意、歧視，以及所有豎立的高牆、集體的冷漠和所有泯滅人性的體制。

因為這份羈絆，我們把一個因為集體的惡意而消逝的年輕生命當成我們的家人，把因為集體的貪婪而被拆掉房子的住戶當成我們的鄰居，把被惡意遣散的勞工當成我們的長輩，把土地被奪走的農民當成我們的親戚，把所有的弱者當成我們的同胞兄弟姊妹，只因我們共同承擔一樣的命運。

不過電影依舊是電影，真實世界裡沒有魔法與鬼魂，卻仍舊漂浮著過往威權時代的幽靈在島嶼上空盤旋，一樣充斥著似是而非的謬論與迷惑心智的虛情假意。一樣的世道、無盡的循環；不只是九份，這整個島嶼皆是虛幻之境，然而一轉頭，我們已經沒有隧道可以離去。

我們只能相信愛，這是我們唯一擁有的魔法。

題外話：名字就是靈魂的依託，古埃及人將名字刻在棺材上，名字被刮除、靈魂就找不到歸途，這是最殘忍的詛咒。《西遊記》裡只要大喊名字對方答有，魂魄就被吸進紅葫蘆裡，金角銀角就中了此招。

名字是父母賜給我們第一個禮物，有了名字，我們得以為生靈；而失去名字，我們就不再存在於任何思念中。有一個名字在幽冥幻界是何等的奢侈！「千尋，多麼好的名字啊！要好好珍惜父母給你的名字啊！」錢婆婆如是說。

40/2300

我們生活的這個世界，基本上挺擁擠的。

因為每天都在人擠人，所以我們通常都會無視生活周遭的陌生人。這是可以理解的，生活在世界工時第一高的國家，有誰下班了還有力氣或閒情逸致去觀察捷運上、馬路邊擦肩而過的陌生人，去看他們跟我們多麼的相同或是多麼不同。

所以我們也習慣將「認識一個陌生人」這項工作交給媒體。而不管我們願不願意，媒體每天都會樂於告訴我們，他們對於某些人的判斷，我們通常也就不假思索地接受了。

當媒體告訴我們有人不男不女很好笑，我們就買帳地大笑了；媒體說有人不做事坐領十八趴實在可惡，我們也就氣急敗壞地把他們鬥倒鬥臭了；媒體說不知道行搶的是誰但附近有外勞出沒，我們也就大聲說那不快叫警察抓他們！

話雖如此，但我也沒什麼資格批評媒體，他們有他們的苦衷與侷限（媒體是另一個血汗勞動場域）。基本上我寫這篇文章的目的，只是想提供一個不同的看法，或許可以幫助我們重新思考與理解這個熟悉的世界裡那些我們不熟悉的人。

我想請問你一個問題：

四十萬人有多少？你有概念嗎？

四十萬人，如果放在全台灣兩千三百萬的人口裡，大約占了六十分之一左右。

六十分之一是多少？我們打個比方好了。想像你在逛一家大賣場，賣場裡有六十個客人，四十萬那就是其中的一個人；或者你正在捷運站或火車站，月台上有六十個人在等車，其中一個人就是那四十萬人；又好比你在一個補習班上課，教室裡有六十個學生，其中一個學生就是那四十萬人。

六十人中的其中一個，這樣的比例應該不算多，但是也絕對稱不上少。

我為什麼要問你對四十萬人的概念呢？因為四十萬是台灣的人口統計上一個有趣又巧合的數字。台灣有非常多分享「同一個標籤」的人，總數都是四十萬左右。

我是六十七年次出生的，我考高中跟大學的時候，新聞說跟我同年的考生總共有四十萬人，我必須跟這四十萬人競爭、殺出一條血路，才能進入理想的高中或大學。

根據內政部的出生人口統計，民國四十四年（一九五五年）到民國五十五年（一九六六年）這十二年間，每年出生的人口都略微超出四十萬人，這是台灣人口的第一波嬰兒潮高峰；而在民國六十五年（一九七六年）到民國七十一年（一九八二年）之間，則達到了第二波高峰，每年也都超過了四十萬人（唯有蛇年例外）。

所以你如果是這兩波嬰兒潮出生的人，跟你同年的人就有四十萬，占了那六十個人的其中之一。假如在那個賣場裡，六十個客人裡一定有一個是六十五年次或四十八年次，還有許多在這年齡層附近的人，他們彼此很有可能是親子關係。

這樣你可能會對四十萬人有多少，稍微有點概念。

我再舉另外一個例子。新北市的中和區還有新莊區，人口大約都略微超過四十萬人的門檻，換句話說，補習班的六十個學生裡，一定有一個來自新莊；等捷運的六十個乘客裡，至少有一個要回中和。

所以你看，四十萬人其實不少，每六十個就遇到一個，你每天都在與他們打照面。

那麼接下來我要告訴你一件事，你也許會有點意外。台灣的外籍配偶（包含大陸籍配偶），目前（二〇一二年）總人數達到四十四萬四千人左右；台灣的藍領外籍勞工（主要來自東南亞，不含白領高薪外籍技術人員），總人數達到四十二萬人。此外，台灣的原住民多年來人口數都在四十八萬上下，這兩年則突破了五十萬人的關卡。

也就是說，如果你屬於台灣這兩波嬰兒潮的世代，那麼外配、外勞跟原住民，他們的數量就跟你同年的人一樣多。你如果是中和人、新莊人，他們就跟你的鄰居一樣多。在剛剛那個大賣場裡，六十個客人裡就有一個外配、一個外勞跟一個原住民。

現在你可以想像了嗎？

外配也好，外勞也好，還有原住民，他們常常被叫做少數族群，但是，他們其實並不少。他們在你的世界裡顯得少，是因為他們是弱勢。

他們在媒體裡是弱勢，他們在我們的語言裡是弱勢，他們在勞動雇傭契約關係裡是弱勢，他們在公共空間裡仍是弱勢（會被驅趕或是用紅龍隔離），他們在每個台灣人的封閉視野與狹窄心靈裡，都是不見容的存在。

而在台灣這個擁擠的世界裡，還有一個為數更龐大的族群。他們是一群被主流狹隘性別區分所排除的人、一群在憲法與民法定義裡都沒有權利擁有伴侶的人（本文寫作時，大法官釋憲與同婚專法尚未通過）、一群被國家公共衛生醫療體系認為具有傳染病高風險的人、一群在媒體與主流文化裡永遠被揶揄、取笑、語言強暴的弱勢（儘管在這族群中有許多優秀的媒體工作者，怪哉）。

他們永遠不會被統計出真正的人數（基本上我也祈禱我們的政府不要心血來潮做這件事），他們是連認同自己的身分、公開自己的性向，都會遭遇整個社會的成見、偏見、歧視以及惡意所包圍與攻擊的人。而如今，他們要站出來為自己應該擁有的伴侶權走上街頭，好去爭取其他的公民早已擁有、被法律所保障的權利。

也許你不是這個族群（不過你真的確定嗎），也許你還在探索自我的認同，但是我請求你、邀請你想像這樣一個世界：

在這個世界裡，賣場裡的六十個客人，大家不在乎彼此的身分，都能開心購物；在月台上的六十個乘客，沒有人認為誰比較危險，誰應該被警察抓走，每個人都能安心等車；在補習班裡的六十個學生，每個人都有信心，自己能在公平的條件下，去爭取自己想要的未來。

如果你希望生活在這樣的世界，那麼我請求你在面對任何一個陌生人時，先放下心中的成見或偏見，試著用開放的觀點去看待每一個跟你相同或跟你不同的人；當媒體告訴你很多他的看法與判斷時，你可以不必照單全收，而是試著去思考，或用你自己的經驗去判斷他的說詞。

或者，請你用一個在談戀愛與交朋友時同樣重要的原則：用同理心、站在對方的立場去思考，去為對方設想，也許你會發現一個不同的角度，去面對這個熟悉的世界裡太多不熟悉的人。

人心往往是最難改變的。但是改變世界的唯一契機，也是人心。

因為推動這個世界的規則與制度的是人心；在每個日常生活的細節裡產生變化的，也是人心。而改變我們所身處的這個世界的每個磅礡而巨大的潮流，它的觸發點往往來自一個微小的轉念。

假如你的心中也有了一點想法與觀點轉變，請你告訴你身邊的人（尤其是如果他很相信媒體的話）。如果你發覺到自己也存在著很多偏見（好像我一樣），試著跟他們相處，常常與他們討價還價（承認自己的偏見，是何等偉大的自我發現）。

也許在我們可見的未來，物價不會跌、薪水不會漲；景氣不會變好、此生大概也不會中樂透。但是我們每個人都有機會，讓自己的心變得更開闊，我們能夠具有更多的包容，這個社會才會變得更開放，這個國家才會因為它的公民而變得偉大。

最後，如果你有小孩，請教給她／他一顆寬大的心，這是生在這個擁擠的小島上，所能擁有最棒的禮物。

飆車族與深夜的民主課

二〇一四年三月二十日凌晨一點十分左右，我與我的同伴站在無人的公園路上等著末班夜間公車。

前一刻我們才離開人聲鼎沸的三一八學運現場，公園路卻靜悄悄的一個人也沒有。

突然之間，嘈雜的喧囂聲響起，那是巨大的引擎聲加上喇叭聲，加上在機車上面加裝的各種音效的聲音，彷彿百萬大軍排山倒海而來。

曾經待過新竹的我跟同伴兩人互看一眼馬上明白：「飆車族來了！」

忽然間，大約由十多台機車組成的飆車族車隊從襄陽路右轉公園路，直直朝著我們兩人的方向駛來，我們還來不及反應，飆車族大軍已然殺到。

「千萬不要看他們！」同伴立刻提醒我。

我馬上想到大約五六年前發生在南寮漁港飆車族隨機砍死一名竹科工程師的新聞。沒有任何理由，只因他與女性友人坐在附近，而飆車族只是隨機想砍人而已，他們當然不認識，他也沒有跟他們有任何糾紛。

我的恐懼到了極點，這條寬闊的馬路上只有我跟同伴兩人，我們的背後是二二八公園的圍牆，我們無路可逃，假如他們真的要隨機砍人，我就只有當場被砍的份。

我的人生第一次感到這種隨時就會有生命危險的恐懼。

我們低下頭不敢再看，所幸飆車族只是沿路叫囂大罵髒話後揚長而去。

我突然有了種複雜的感覺。

我猜想他們是不是稍早跟抗議群眾發生糾紛的同一群人呢？他們在沒有警察空無一人的公園路一路叫囂是否是為了發洩先前的不滿呢？

是的，他們沒有對我做什麼，我的恐懼都是來自我的想像，而或許解散了之後，他們回到了家，也就是各自家庭裡的好孩子、好哥哥呢？

我因為他們的外顯行為，而為他們貼上了「飆車族」的標籤，也回想起了飆車族的種種新聞，所以在一瞬間湧上了會有生命危險的恐懼。

但即使如此，我還是怕飆車族的，我下一次遇到飆車族，還是會非常害怕成為他們隨機砍人的目標。

而且我也知道，當我真的被砍的時候，警察一定是不在場的。

所以那些看著主流媒體報導，然後全盤接受了抹黑，把占領立法院的公民們都想成是暴民的那些人，他們大概跟我因為恐懼所以標籤化飆車族是一樣的吧？

就算你給我看一些照片說有的飆車族其實人超好超有禮貌，關心社會孝順父母敦品勵學愛國愛人還愛護小動物，一旦他們坐上機車開始叫囂，我還是很害怕他們會不會隨機砍人啊！

我也就忽然懂了，你就算告訴那些頑固的人，在占領行動中的人多麼守秩序、多麼和平，還做垃圾分類，我想這些都絲毫不能動搖他們把抗爭行動妖魔化，把抗議學生暴民化的堅定信念。

辛苦的第一線警察朋友們或許也是吧！他們也承受莫大的壓力，平常勤務很多還要加班來處理這樣的突發事故，他們都是有家庭有老婆小孩的人，他們甚至很可能是認同學生理念的；但是為了工作、為了不汙辱自己的職業，他們必須站在第一線，甚至是冒著生命危險。

他人即地獄（當然這是誤用），從他人角度想，人人都有無以盡訴的苦與悲啊！

我害怕飆車族，我害怕他們隨機砍人，我恨不得警察把他們通通抓起來。

而那些死硬頑固的人，也是一樣的道理。

他們認為沒禮貌就是不對、破壞公物就是不對、占領立法院就是不對、推擠行為就是不對（即便只是弄壞鐵門，後來學生還自己修好了），他們也巴不得警察趕快把他們統統抓起來。

在這一刻裡，我好像有了更深的體悟。

與我站在世界的兩極的那些頑固死硬派，他們看我的眼神，就跟我看與我站在另一個極端的飆車族是一樣的。

而無論如何，死硬派也好、飆車族也好，他們卻都是跟我們擁有一樣的身分證與護照、走在同一條馬路上、去吃同樣的餐廳、喝同樣的飲料，分享同樣的笑話、唱同樣的歌，腳踩在同一塊土地上的人。

就算再怎麼詛咒死硬派的冥頑不靈，我還是必須保衛死硬派的發言權；就算再怎麼害怕飆車族，我也不能只是因為害怕就報警抓他們，無視他們的自由權。

民主自由這件事講起來很廉價，實行起來卻是要複雜、深刻而困難太多了。困難到你必須冒著害怕被砍死的風險，也要試著去理解飆車族。

而此刻有許多年輕人正在為我們這樣深刻的民主價值奮戰著，只因我們稍一疏忽，這樣的民主果實，就會立刻被統治階級與財團出賣，我們馬上要做回奴隸。

深夜的公園路，立法院五百公尺外，我上了一堂深刻的民主課。

假使他們與你我並沒有那麼不同

曾經有一則新聞是這樣的：苗栗有一名中年單身女子急著去銀行匯款，行員察覺她神色有異，通知保七員警協助瞭解，果然又是幾年前就出現過的詐騙招數：英俊美軍將軍遭困，急需匯款解圍，自由了就會來台灣與她成婚。

這條新聞真的沒什麼「新」的成分，重複出現的詐騙事件裡比較不一樣的地方大概也是被當成新聞點強調的地方，是女子堅持相信對方是真的；於是保七警員只好輪流展開馬拉松式勸說，勸了兩個多小時，而且攤開許多相同詐騙案例的筆錄，才終於說服女子，打消了匯款的念頭。

根據新聞的報導，假如不是記者的主觀揣測，女子認為，如果匯了一千八百五十美元，就算真的是詐騙，起碼求一個心安：那個與自己通信的人，也許真的遇到了困難。更何況，如果成功了，他會來與自己見面。

相信。

一千八百五十美元，不是掉到水裡，而是維持著一個美好幻夢的可能性。

在這裡，並不是或然率的問題，而是一與零的競合。賭上的，是全然真心的

既然如此，那麼我猜想，真正勸住她的，並不是保七警員們的苦口婆心，而是一字攤開的事證裡，每個同類型詐騙的相似性。

「啊，原來我不是那唯一的一個……」

這件事真正叫她死心了。

在新聞的框架裡，結語是善心的員警打消了受害者匯款的念頭，阻止一件即將發生的受害案件；不過在我眼裡看見的，是一個女子內心的幻夢就此被無情打碎了。

而我知道她不會就此振作起來。她只會更悲傷，在某一個時刻攀附到另一個危險的夢境裡。

就在新聞的隔天，我在「天下獨立評論」讀到了一篇匿名者的投書，名為〈我如何繼續愛著篤信妙禪的太太〉。裡面提到，這位匿名者有很長一段時間在中

國經商，聚少離多的妻子經介紹加入了如來宗，等到他被妻子引介參加之後，很快地發覺了這個信仰團體在教義上以及組織經營規範上的種種疑點，但讓他最痛苦的是，他的妻子卻深信不疑。

信仰的本質是與理性無涉的。對於一個在教義上與組織管理上種種啟人疑竇的宗教團體而言，你可以像揭發詐騙一樣舉出種種事證，但是陷入其中的人要怎樣相信、怎樣解讀，那就是另一個問題了。

這件事並沒有像前一個新聞裡兩小時的勸說與說服讓一個身陷詐騙的人清醒那樣的happy（sad）ending。讓陷入愛情幻想的人知道自己不是唯一一個人時，他的幻夢就必須殘酷地甦醒。但是，宗教信仰就沒那麼簡單了。

匿名者在文中寫道：

「……因為即便外在有再多的聲音告訴她那是邪魔歪道，她處在『心盲』狀態之下，與其說她無法相信妙禪非正道，或者可以說，她無法相信自己長久以來所投入追隨的價值體系都是假的，因為那隨之而來的信念崩解與價值觀碎裂，實在巨大叫人難以負荷，當社會輿論千夫所指的壓力窘境下，她可能更需要捍衛自己的信念體系，更加難以放手，聽進其他的聲音與可能……」

與其說，這是信仰的問題，不如說，這是一個脆弱的心，沒有辦法再從好不容易找到的棲身之所裡再度被放逐的問題。

我們之所以選擇相信某些事物，其原因與過程都是很複雜、隨機，而且沒有規則可言的。當我們的信仰，與外在的主流意見，或是內心的質疑產生了矛盾，每個人面對與處理衝突矛盾的方式也完全不同。

在這裡我想可以進入今天的主題了（假如到這裡你還有耐性讀下去的話，我衷心感謝你）。

稍早之前，我非常喜歡的粉絲頁「哲生原力」的經營者張哲生老師，針對二〇一七年的國慶主視覺設計發表了看法。簡而言之，他對於國慶主視覺設計（或許是刻意）忽略了中華民國國旗與國徽等視覺元素感到強烈的不滿。在他的文章裡他用了強硬的措辭表示：「……你如果不認同我的看法，請直接略過就好，但只要你的留言讓我覺得你不認同中華民國，我不會跟你多廢話，封鎖會是我送給你的最後禮物，因為我不想和不認同我的國家的人有任何交流。」

這個事件以及後來潮水般的留言回覆導致事件呈現了許多不同的層次，包括國家慶典主視覺是不是一定要有國旗的問題、國慶主視覺的設計者是否一定反應了執政者思維與品味喜好的問題、設計者沒有必要為目前國家認同分歧的狀況負責的辯護等等，這個議題過於複雜，我也不是設計專業人士，對我來說比較關注的問題是：

目前，在這個國家（先假設我們是一個國家）裡，還有多少人毫不猶豫地認同中華民國是他的國家、青天白日滿地紅是他的國旗？

坦白說，光這問題就夠複雜而頭大了。

決定博士論文主題的時候，我知道我一定會寫外省人，但是到底要不要處理「認同」這個主題讓我拿不定主意，經過幾天爬了很多的文獻之後，我果斷地放棄處理認同的主題，因為我可沒另一個十年來把論文完成。

老實說，像台灣這樣一個國家（對還是先假設）裡對於國名、國旗、國土範圍與自我認同如此嚴重分歧的狀況，在全世界真的很少有。巴勒斯坦沒有、庫德斯坦沒有、巴斯克自治區沒有、加泰隆尼亞沒有、奎北克沒有、南蘇丹也沒有……

更複雜的是，認同中華民國的人，不一定主張統一、也不一定反共；就好像認同台灣勝於中華民國的人，你也不能直接把他們歸類為獨派一樣。台灣的認同政治，就是這麼複雜而千絲萬縷。

所以我再說一次，我沒有能力處理認同的議題。

我是一個六年級生，一九八七年解嚴時我九歲，有經歷過那段時間的人都知道，這個國家並不是一夜解嚴的，我們並沒有像推倒柏林圍牆一樣，在一夜間全國人民被解放，街上燃放鞭炮，大家走出室外互相祝賀。

沒有的，解嚴後幾年政治氣氛依然緊張，是一步步隨著動員戡亂時期臨時條款廢除，刑法一百條廢除，黨禁、報禁解除，警總走入歷史……等等一連串過程中，台灣人民才一步步從禁錮中逐步鬆綁，等到我覺得台灣的氣氛開始大不相同，人們能夠自由地眾聲喧譁——那已經是一九九三年我國三的事了。

我無意回顧往事，我只是想解釋，我如何從一個「中華民國信仰」的忠實信徒，開始一步一步瓦解了那些神話體系與黨國史觀。那是一個極度緩慢的過程，大約花了我三十年。直到我前三四年為了博士論文處理大量戒嚴時期史料文獻時，我仍然時時處在「原來連這些都是騙人的！」的深度震驚中。

回到主題。被詐騙是一回事，信仰是另一回事。

為你介紹真正的中華民國國民，我的父親。民國十七年我的父親出生在真正由中華民國統治的安徽省蕪湖縣，到他二十一歲跟著國民黨部隊敗逃撤退金門為止，中華民國是一個（大體上）實質控制中國大陸地區中原各省（當然還要扣掉很多日本占領、共產黨占領、地方軍閥割據的時期地域）、被世界各國承認的唯一中國代表。

儘管在那二十一年中，這個國家給他的禮物是不停地逃難與挨餓；但我想，他可以毫不猶豫地認同自己，是一個中華民國國民。

他一出生就是中華民國國民，到他因失智而逐步喪失心智為止，他從來不曾懷疑過這件事。

人生能夠那樣從頭到尾地信仰一件事而毫不懷疑，其實是挺幸福的吧！

可惜我沒有那樣的福氣，我的角色更像是被洗腦詐騙了多年之後逐漸醒悟，一路回首只覺得困窘莫名，只好以自嘲掩飾自身不堪經驗的受害者。

帥氣的美國將軍沒了，艱困的生活卻不會停止。

中華民國這個空虛的頭銜我不會再買帳了，可是接下來的路才是真正艱辛。

寧可相信一個虛假的美國將軍，是因為真實世界的生活很辛苦，要努力跟人打交道，要勇敢面對別人不喜歡自己、嘲笑自己、漠視自己，以及來自各個角落暗處不知何時射來的惡意。虛假的美國將軍很美好，他只會跟你說好話；即便你大概知道他只是想要你的錢，你還是告訴自己，也許有那麼一點點的機率，他會帥氣地開著飛機，把你從無聊的生活中救走。

抱著中華民國這個虛假的空殼很安全，起碼只要我們暫時抱著out of nowhere的平安魔法咒語「九二共識」、「一個中國」，就暫時不會有胖虎的欺負。因為一旦拋下了這個空殼，我們就必須真正地面對我們沒有朋友的事實，以及被欺負了，根本不會有人來幫我的事實。只要暫時不被欺負，我們就可以假裝沒有這件事。

因為真相很傷人，所以即便知道是詐騙，我們還是不想從美夢中醒來。這不是苗栗一位中年單身婦女的幻夢，這是由兩千三百萬人共同撐起的幻夢，你可以把他想像成電影《Inception》裡面的集體作夢，只是它是一個規模超大的集體夢party而已。

我們要不要醒來？何時醒來？醒來以後該怎麼辦？這些問題都讓人不舒服，我知道。

可是現實世界不會因為我們一直夢遊而變好；相反地，在我們持續做夢的時間裡，現實世界，就如同你偶爾看見的國際新聞裡述說的那樣，變得愈來愈嚴峻。也許，有一天我們就在做夢中被胖虎吞噬掉。而在那前一刻，被胖虎暴打的小夫，血漬還留在我們臉上。

我們想要醒來，這件事需要勇氣，還需要更大的耐心，因為，我們有責任去說服那些不想醒的人。

有人說過：「裝睡的人叫不醒。」因為他不是真的睡著，他是抗拒醒著。

這件事回到我們一直強調的主題。被詐騙是一回事，信仰是另一回事。

晚上坐公車的時候，我常常會遇到從南京東路會所結束活動，搭公車回家的紫衣人。他們穿著紫色的恤衫，背上大大的一個「禪」字。我知道他們是如來宗的信徒，但是說真的，那些八卦雜誌上誇張的斂財新聞、神祕的下線制度，實在很難跟眼前這群人劃上什麼關聯。

除開紫色的外衣，他們就是一群隨處都看得見的中年歐吉桑與中年婦女，回去的路上會在超市帶一條蘿蔔回家煮湯，會走進便利商店把這個月的水電瓦斯帳單繳一繳。回家會問小孩功課寫完了沒？洗澡了沒？聯絡簿拿出來簽一簽……我實在很難把他們聯想成什麼張牙舞爪的邪教團體瘋狂信徒。

無論這個團體有多少備受爭議的部分，但至少我想，這個信仰在他們內心裡最脆弱的部分，得到了一種寬慰或是支持吧！就算你相信，這個信仰是有問題的，我們又如何為他決定，這個信仰終究會害了他呢？

我說真的，我不知道。

我不知道我有沒有權利去剝奪別人的信仰，只因為我有充分的證據去證明這個信仰會害他喪失錢財、身體自主，甚至性命。這不是我能處理的問題。

認同與信仰，在某種程度上都是一樣千絲萬縷而無端棘手呢。

同樣地，我的父親也好、張哲生也好，這個國家（ＯＫ你知道的）還是有很多人把中華民國當成信仰的，而信仰的本質與理性是無涉的。

用一句簡單的「華腦」，我們可以快速地把許多人貼上標籤、刻板印象，這是多麼省時省力的事啊！因為他是華腦，所以他就會怎樣怎樣。一筆帶過忽略了他做為一個思考主體的選擇與困惑、經驗與記憶、克服內外失調與自我說服的歷程，這是多麼廉價而輕慢的判斷。

把與自己意見不合的他者平面化、標籤化，將對方刻畫成皮下注射的動物、單面向、單細胞的生物——當我們將他們輕易地定義為「他者」，非我族類，我們也就能輕易地抹去他們做為一個人、做為思考的主體，曾經有過的抉擇、困惑、懷疑與逃避——那些過程也都是我們曾經經歷過的，只是後來我們做出了不同的決定而已。

假如放下了國族認同與信仰歧異，你能視他為一個獨立的個體尊重他的信仰嗎？

你能像投稿「獨立評論」的那位匿名作者一樣，即便無法勸服妻子放棄如來宗，還是依然愛她嗎？

我能愛著我父親的，唯有這件事我毫不懷疑。

對了，愛也是與理性無涉的。

滎陽生

我從小就很喜歡讀唐代傳奇、宋元戲曲與明清小說，其中有一篇讓我印象深刻的作品，是白居易的弟弟白行簡所著的傳奇故事《李娃傳》。

《李娃傳》的故事記述在唐玄宗天寶年間，有一個來自河南滎陽地方的世家大族鄭氏家族的公子，故事裡我們姑且叫他滎陽生，到京裡去趕考。

年輕的滎陽生一到了繁華的大都會長安城，馬上就被五光十色的都會生活給迷住了。然後他迷戀上了京城名妓李娃。一迷上了不得了，天天上青樓只為了一親芳澤，大筆盤纏就揮金如土地花下去。鴇母知道這個年輕公子爺是隻肥羊，設了圈套把他的財產全部騙光，滎陽生就在一夜之間被宰到身無分文了。

既延誤了考試，又沒有盤纏可以回家，更重要的是根本也沒有臉回家；失去一切的滎陽生，只得淪落到了專門辦喪事的「凶肆」，成為出殯時的輓歌手，從事我們現在俗稱的五子哭墓或是孝女白琴。

這真的不是多光彩的行業，但是養活自己總是行的。日子久了，對一切都麻木了，忘掉了過往養尊處優的日子，在殯葬業裡搞不好還能看到更多的人間摯情與浮世風景。

滎陽生輓歌一唱，居然唱出了名氣。結果有一天，滎陽生的爸爸到京裡辦事，之前曾聽聞京城凶肆裡有個唱輓歌唱得極好的年輕人恰似自己失蹤的兒子。一去看了果然不得了，正是自己那個萬千榮寵、細心栽培的寶貝兒子，沒得到功名不說，居然還丟人現眼給喪家唱輓歌。勃然大怒的父親一聲令下，叫家奴把自己的寶貝兒子當街打到半死不活。

雖然在同伴的搶救下撿回一條命，但破爛的身子連唱輓歌也無法了，只剩下一口氣的滎陽生只能當街行乞，在某個大雪紛飛的日子裡，他行乞到一戶人家前，居然撞見了當年癡迷不已的名妓李娃。

李娃見到貧病交迫不成人形的滎陽生，當場淚如雨下；曾經是那樣意氣風發的少年呀！如今落魄成這副模樣。李娃知道滎陽生當初都是因為迷戀自己，而今淪落到上街乞討；心一橫的她將多年積蓄拿出來替自己贖了身，租了間小屋，帶著滎陽生一起生活，讓他養好身子，勉勵他認真讀書。

重新拾回人生的滎陽生努力振作，接連中第，官授成都府參軍，覺得自己任務已了的李娃決定離開滎陽生。就在此時，滎陽生的父親也到成都任官，父子相見，重新相認，於是在父親的主婚下，滎陽生迎娶李娃，兩人終成眷屬。後來滎陽生一路高升，李娃最終被封為汧國夫人，名妓與書生各自經歷了人生悲苦與離合、生存的掙扎，最終畫下美好終曲。

坦白說我第一次讀到這個故事的時候非常驚訝，讓我最驚訝的莫過於父親把自己的孩子往死裡打。

但我後來思考了良久，好像就沒有那麼震驚了。滎陽生的父親，也不過就是傳統中國封建社會底下，一個傳統的威權父親角色而已。

封建社會裡的孩子，價值與地位都是被估量好的。封建社會裡，女人是財產，孩子也是財產，地位也就是比下人再高一點，而他們一起又比家畜、犬馬再高一點。

孩子當中，男性當然比女性地位高；正房生的（嫡子）又比側室（庶出）來得高，而除了嫡長子做為未來爵位的繼承人以外，其他的孩子都是可犧牲、可交易的（有些時候為了家系的生存甚至連嫡長子都可以犧牲，例如西伯周文王的長子、德川家康的長子）。

孩子的感受、孩子的愛，從來就不是重要的。

我不知道讀到這裡你的感受是什麼？是感到不可思議，還是心有戚戚？我是心有戚戚的那一種。

我家是傳統的威權式家庭，爸爸又是退伍軍人，我家是從來沒有那種「爸爸媽媽很愛你」這一套東西的。

簡單地說，我從小在我家得到的生存訊息就是，爸媽賺錢很辛苦，你如果沒有達到他們的期望，就是浪費糧食，辜負了父母整天工作養家的犧牲。

我就這樣一路長大，一路讀書升學，不敢拋下任何一個父母的期待，我深深害怕，我沒有達成父母的期待，我就沒有臉在這個世界上浪費糧食。

後來我年紀一把了，看到了很多其他人的家庭與相處模式，我才知道原來其他人的父母是這樣與小孩相處的：家原來應該是一個給予子女完全的愛與信任，讓子女可以感到安心的最後避風港；家原來不是像我所接受到的那樣，是一個你有業績壓力必須要完成，否則就會沒有立足之地的上班場所。

總而言之，我很快地瞭解了滎陽生的爸爸，或是全天下中國傳統思想下的父母，是怎麼看待孩子的。

對他們來說，孩子是責任。而他們的責任，就是把孩子培養成當初預設的品管目標。

今天我的目標是要你當醫生，你就要給我當醫生，我才不管你很會畫畫、會寫歌，甚至是廚藝很好。你只能給我當醫生，否則你就不是我小孩。

今天我的目標是你必須要結婚生子、撫養下一代，那麼我才不管你的性向、你的喜好，你就是要給我結婚、擠出一兩個孫子來。

我不知道這是不是你的寫照，可能有時候你像我一樣會自問，覺得你跟父母的關係，好像更像廠長跟出貨商品的關係。

有一次我突然跟我媽聊起來，我問她說萬一有一天我跟你說我喜歡男生，你會接受嗎？

我媽很斬釘截鐵地說：我沒有辦法接受。

她又補了一句：如果別人的小孩是同性戀，我不會歧視人家，但是我不能接受我的小孩是同性戀。

我當時心裡感覺很複雜。我的第一個想法居然是：還好我不是喜歡同性，假如我是的話，我媽大概永遠都不會接受，我這一輩子不知道還要花多少時間跟她奮戰，讓她能接受。

但我知道這種悲傷的幸運（僥倖）很多人根本無法擁有。

小時候有一段時間下課後必須去爸爸上班的地方，總統府隔壁的行政法院找爸爸，爸爸在哪裡當司機，在不用出車載法院評事的時候，爸爸會帶我到東吳城區部旁的路邊攤吃乾拌麵。

父子倆沉默無言地吃著，但是他會把滷蛋、小菜夾到我碗裡。這是幾乎不說話的爸爸，對我表達愛的方式。

後來我在蔡明亮的作品《青少年哪吒》裡看到這一幕，開計程車的爸爸苗天跟重考生兒子小康吃路邊攤，苗天把水果趕到小康的碗裡，我看到那一幕就傻住了，好像我就在電影裡面。

後來，在蔡明亮的《河流》裡面，苗天帶著脖子痛的小康一路看醫生，最後父子兩人在陰暗的三溫暖裡、在互不知情的狀況下發生了關係。燈亮了之後，在兩人發現彼此的一瞬間，苗天狠狠甩了小康一巴掌，那一巴掌打的是什麼？

那一巴掌好像在說：就算我是同性戀，你也不准給我是同性戀！可能是我太把苗天當成了自己爸爸的形象了吧……那一巴掌真的深深地打進我的心。我彷彿可以感覺到，身為同性戀的孩子，在威權父母的眼中是多麼大的罪孽，即便父母自己也是同性戀者。

自己的孩子是同性戀者是多麼羞恥的事，像是一心栽培求取功名的兒子最後去當火山孝子一樣丟人、一樣敗壞門風——寧可把他打死打殘，也不要他繼續活著、繼續延續你的基因與你的生命。

對我來說，李娃良心發現、決心贖身；滎陽生奮發讀書、考取功名；最後父子相認、迎娶李娃，那些充滿勸世教條與鄉愿的虛榮補償都跟火柴擦出來的美夢一樣不真實。

打成殘廢才是真實，雪中行乞才是真實，餓死京城才是真實。

我可以想像在我此刻正坐著打字的城市裡，有幾萬個人正在下班、坐公車、坐捷運，去黃昏市場、去接小孩，或是打開冰箱準備做晚飯。

在那裡有我數也數不清的陌生人，他的一生都不能接受自己的小孩是同性戀者。

他堅信著傳統的忠孝節義，他相信不孝有三、無後為大，傳宗接代是身為人最重要的任務。

他可能有堅定的信仰，他的神告訴他一男一女的結合才是唯一認可的形式，凡不是這樣的組合都是邪佞的魔鬼。

重點是，當他認定了同性戀是這樣罪無可恕的羞恥，他堅定地認為自己必須做點什麼讓這樣的罪孽從生活中、從社會裡消失。

他可能不知道的是，當他在做飯的時候，他的兒子正偷偷打開成人網站，搜尋每個猥褻的影片；因為他對性感到好奇，可是除了A片他一無所知。

他的女兒此刻正坐在別人的機車上，她知道那個男人只是想要上她而已，可是除了奉獻自己的身體以外，她不知道自己有什麼值得被人家愛的理由。

甚至，他那遠到另一個城市工作、一年不回來一次的大兒子，早就已經和另一個男人同居多年。連過年都只是吃個年夜飯就早早回去的兒子，知道他永遠也不能接受同性戀，雙方就像是最熟悉的陌生人一樣把對方當空氣。

而正在做飯的他/她，計畫著等一下把飯菜上桌之後就要去路邊幫忙發傳單，因為教會的朋友跟他說已經是最終時刻，再拖下去一切就要來不及了。

空無一人的飯廳牆上，只剩時鐘滴答滴答走著的聲音。

如果小孩長成了不是自己喜歡的模樣，寧可把他打死，也不能讓他敗壞門風。

很遺憾這個故事裡沒有一心奉獻的李娃，只有成千上萬個滎陽生的父親。

而在這個時空裡，則不知道有多少個為人子女者，就像可能曾經活在八世紀大唐天寶年間的滎陽生一樣，只因為他的天性、他的模樣，不能被父母接受，而視為奇恥大辱。

他只有兩個選擇：第一個是永遠隱藏他的天性，假裝喜歡異性，說一些漫不經心的謊言，好讓他的父母能以他為傲，甚至強迫他自己一生要跟一個不愛的人相處。

或者，當他想要順從自己的天性，對自己誠實、對世界誠實，他要面對的是父母寧可當作沒生下他，這輩子再也不想見到他，也永遠不可能接受他真正的模樣。

坦白說，因為自己生下來的，所以會無條件地愛他。這件事情我從來就無法相信。

起碼我看過了太多例子，自己的孩子在這裡只是一種財產、下屬、寵物、產品、時尚配件，甚至是一種虛假的形象，只為了映照出（想像中的）更優秀的自己。

我知道所有的父母都不是生下孩子的一瞬間就學會當父母了，但有時候有些人會以為他已經懂得怎麼當一個父母了，他不需要再學了。

所以當他的教養出現了問題，當孩子有了自主意識會質疑、會反問、會產生困惑的時候，他只能用權威型的攻擊來防衛自己的自尊，展現自己的權力地位。

但是小孩都是最聰明的，他能夠立刻知道你有沒有把他的話聽進去、你有沒有同理他的感受。很快的，在某一個時間裡，在多次的挫敗後，他會放棄與你溝通。

諷刺的是，對威權父母來說，他覺得威脅解除了，他的權威與尊嚴再次獲得了確保，他不知道他與孩子之間的聯繫從此解除，兩人只剩下法律上的撫養關係。

所以原諒我沒有辦法如此樂觀地說愛最大、愛能克服一切。很多人心中沒有愛，有些人誤解了愛的意義、有些人錯把傷害當成愛的表現，有些人把愛當成索求的藉口、談判的籌碼。

這世界上有多少人，就有多少種愛的歧異性。

我們從來就不是說著同一種語言，我們只是這樣想像而已。

所以，我想跟所有的孩子（當然包括曾經當過孩子的你）說：父母是不能選的。

從我們出生的那一天開始，我們從完全沒有意識的狀態，就無條件接受父母對待我們的方式、形塑我們的人格。

假如你的父母是那種可以無條件愛你、無論你是個怎麼樣的人，他們都會接納你最真實的樣子；那麼我恭喜你，你獲得了很了不起的禮物，有強大的正能量發電廠。請你把這樣的愛與正能量，回饋給你的家人與你所愛的人。

假如你的父母，是我這篇文章裡面提到的，傳統的、威權的，滎陽生的父親一般的父母；我想跟你說，這件事或許有可能永遠無解。

很遺憾的，那種相談一場、親子抱在一起哭然後大和解的戲碼，不會在你的家庭上演。你要面對的是一場長達數十年的戰爭，甚至可能到他們齒搖髮禿，他們對人生的某些堅持依然不會後退半步。

會有一些人說，你終究是他們的小孩、他們的愛，他們為了愛你終究會讓步。但坦白說，我知道太多父母是不可能這樣的，人的頑固與不可理喻是非常可怕的，這點我完全懂。

年紀越大，固執的人只會更固執、偏執的人也會更偏執、小氣的人會更小氣、不安的人也只會更容易不安。年輕時代沒有解決的心理陰影與人格缺陷，只會隨著年紀增長而更加傾斜，直到人格塌陷無法收拾。

可是他們終究是你最重要的人，把你帶到這個世界來，被你送離開這個世界的人。

他們能不能改變是一回事；但是與自己父母的緣分與情仇，卻是每個人必修的功課，沒有修完這個功課，離開世間的時候會牽掛懊悔太多的。

先從跟自己的父母慢慢溝通開始吧……

跟同志、跟公投，都不必然有關；而是在剩下來的時間裡，每一天都必須要去面對的功課。

雖然當年說著不能接受自己兒子是同性戀的鐵板一塊的媽媽，但當時

（二〇一八年）在我跟她講解公投題目的意涵的時候，我跟他說了我身邊同志朋友的故事，她聽了以後立場就軟化了，願意為同志朋友的權益投票。那個一板一眼鋼鐵心腸的媽媽，這幾年同理心有了長足的進步，真是讓我欣慰。

當然，假如我真的是同志的話那應該又是另外一回事了……（嘆）。

倒扣

我的臉書朋友有相當大的比例是我的政大同學，念政大的意義是，你是我國聯考制度（或指考）淘選出來的勝利者，你通過了填鴨教育的考驗。嗯，好，我其實不是來批鬥填鴨教育的，畢竟我是這個制度庇護下得以進入國立大學的幸運兒，假如今天我身在斯巴達社會，活下來的條件是徒手擊敗大熊或是在競技場殺了身強體壯的對手，無疑地我會是被淘汰的人。

我只是今天忽然間想起了一個小問題，真的，一個小問題而已。

我們的聯考制度在選擇題的部分有分成單選題與複選題兩種，所謂的複選題就是五個選項中至少有一個選項正確，至多全部正確，所以在一個五選項的複選題中，答對正確答案的機率只有三十一分之一（我算給你看，答案有A，

B，C，D，E，AB，AC，AD，AE，BC，BD，BE，CD，CE，DE，ABC，ABD，ABE，ACD，ACE，ADE，BCD，BCE，BDE，CDE，ABCD，ACDE，BCDE，ABCE，ABDE，ABCDE等總共三十一種可能），換句話說，這簡直是念書念到極精通極有把握的人才能答對。

隨便舉個例子，這一題是當年模擬考中被我的高中同窗崇義特別推薦「神強」的題目：武則天時期有一艘貨船要從杭州載貨到首都，它會經過哪些運河？（A）廣通渠（B）通濟渠（C）永濟渠（D）邗溝（E）江南河

您答對了嗎？答案是（B）（D）（E），從杭州到洛陽，會經過江南河、邗溝（江淮運河）、通濟渠，有的人會不小心加上廣通渠（通往長安），這就是大陷阱，因為武后時期大周的國都是洛陽。

這真是一題本來已經夠刁鑽居然還很陰險的題目，高中的我們卻以破解此題型為樂。您說說看，會解這樣的題目又如何？我現在還是過著買seven飯糰加飲料三十九元，盤算要買哪個飯糰賺最多的悲慘生活，而那些根本不會這題的人，現在可能在過著靠股息或房租過活的人生勝組生活。

重點是，即便答對複選題只有三十一分之一的微小機率，我們的聯考制度在摧殘考生與追求精準知識上仍然精益求精，還有另一個狠毒的機制，就是倒扣。舉例來說，答對一題複選題可以得到三分，但是答錯一題要倒扣一分（另有一種記法是多或少一個選項扣零點五分），直到扣到整大題沒分為止。

你說為什麼要有倒扣的機制，理由相當正當而充分，為了防止亂猜答案。題目制定者的邏輯就是，你如果亂猜，猜對的機率極低，但猜錯反而會拖垮你原本就會拿到的分數；於是每個答題的人，在賽局理論的考量下，對於沒有把握的題目會空著不寫，「雖然沒有拿分，但起碼不要扣分」變成最穩當的策略。

我一直不覺得這有什麼問題，畢竟我算是聯考制度的勝利者，也考到理想的學校，被制度害死的人不干我的事，而且我考上大學早已是上個世紀的事了，聯考制度都廢除了……直到今天我忽然有了不同的想法。

這個制度的問題不可謂不大，它簡直反映了一個集權國家的意識型態基底。

先談談防止亂猜答案的部分。

假如今天我是一個什麼都沒念，注定只會拿個位數成績的人，倒扣對我有影響嗎？沒有。我本來就拿不到分數，倒扣頂多扣到本大題零分為止，但我猜對還是有分數，即便機率極低。

這個制度對於沒有念書的人，根本沒有任何約束和懲罰的實質效力。那它懲罰到誰？懲罰到努力念書但是在關鍵時刻仍然對一兩個選項的答案感到不確定的我們，比如說我確定BCE是對的，但是我不確定A對不對，假如我猜錯，這一題不但拿不到，反而還要倒扣我本來答對的成績。兩相權衡，我決定空白。

你辛辛苦苦讀了那麼多書，但只因為一個選項的不確定，你只好選擇空白。

這就是倒扣制度的真相，對於無意照著遊戲規則走的人，沒有約束效力；但是對於遵守的人，他都會確實懲罰、阻止並讓努力化為空白。

有沒有覺得很熟悉？對，我們整個國家、法律、制度全都是這個邏輯下產生的。

每天警察臨檢盡是攔我們這些守法良民，但飆車族呼嘯而過、酒駕者肇事時，卻不見警方攔檢。小市民欠稅會遭遇鉅額罰款，但大企業欠下的天文數字，可以由破產法保護，馬照跑舞照跳，保證你偷渡到國外前，檢警都會按兵不動。

而我們所有的公務機關從政府、學校、軍隊到國營事業，此原則更是奉行不悖。努力做事，很有可能就會觸犯條規、違逆上意、擋人財路或是被當作急於升官求表現；中國人的齊頭式平等一律是把凸出的釘子狠狠釘下去。但是如果你什麼都不做就什麼都不會錯，每年打考績都是毫無過錯，小心駛得萬年船，再加上如果跟長官關係不錯，那就可以保證一路升上去了。

我們的制度，一直在懲罰努力做事的人，它還很強烈的暗示你：「你如果不確定，最好選擇空白。」所以我們最常聽到官方說法的是「會再商榷」、「再研議」，反正不確定，做了一定有事，不做不會有事，我幹嘛做呢？

第二個問題，我們為什麼要懲罰猜答案的行為？

考試就是大家坐在同一個教室裡自己寫答案，時間到了交卷，假如我不是作弊，我怎麼生產答案的，你有資格管我嗎？

假如我的答案就是轉筆轉來的，我答對了那是我的本事。聯考制度可以懲罰作弊的人，但是聯考制度沒有權利懲罰亂猜的人。亂猜的人，無論他是向制度抗議，或者他就是沒興趣念書，或者他天生賭徒性格，那都是他的選擇，制度已經將我們綁架到考場上，卻再用制度去懲罰猜答案的人，這根本就是剝奪人權與選擇自由的行為。

而我們就這樣被這個制度綁架了半世紀，終於在遊戲規則下培養出世世代代聯考制度的贏家（尤其是我）：不敢對不確定的事物負責、努力，寧願選擇空白與推卸責任。好險我不是我們國家多重要的人，但可惜的是，我們這個國家最重要的人，都跟我一樣。

因為我們都是聯考制度下的淘選者、勝利者，以及人生的輸家。

你家後院的毒蛇——所謂尊重這回事

我不會在星巴克、麥當勞消費，但如果你真心喜歡，那是你的權利，我絕對不會阻止你去消費。

我討厭浪費食物，但看到人一大盤食物吃了兩口就說飽，看著服務生把幾分鐘前還是熱騰騰的美食掃進ㄆㄨㄣ桶，我隱隱心痛但尊重，你消費了，這是你的選擇。

我力行環保分類回收，看到人家把只使用一次的乾淨塑膠袋、寶特瓶鐵鋁罐順手丟進垃圾袋裡丟掉而不是回收，我也會心痛；但我仍然尊重，畢竟付費的是你，你可以決定你要付費丟的垃圾。

我討厭碳排放車輛，除非是大眾運輸還可以接受。我平時儘量走路、騎腳踏車、搭大眾捷運系統；但你是開車族、機車族，我當然尊重你，油錢是你自己出的，我自然不能阻止你移動的需求。

我討厭菸味，我相信香菸對身體有害，但是走到戶外聞到別人的二手菸，我會主動避開。我明白抽菸族的痛苦，他們已經被全面趕出室內空間，只能在室外抽，再趕下去他們連抽菸的空間都沒有了。

如果你問我，我當然希望二手菸都消失，我所呼吸的空氣再也聞不到二手菸，但是我不能這麼做。就算我討厭菸味，我相信吸到室外空氣的二手菸會讓我健康受損，我仍然必須尊重抽菸者的權益。

因為我們活在同一個國家、呼吸一樣的空氣——你呼出的空氣會影響我，我也會影響你。

尊重就是這麼一回事，尊重是：「你知道你的後院有一隻毒蛇，但你選擇與他和平相處。」來自印度的博物館學學者Gala曾經告訴我們的印度諺語。

也許你討厭同性戀、雙性戀與跨性別者，就像我討厭菸味、討厭不環保、討厭浪費食物、討厭跨國托拉斯、討厭碳排放車輛一樣；但是，我選擇與抽菸者和平共處，我知道我這輩子不會有一天突然喜歡菸味、喜歡麥當勞與星巴克，但是我很明白我不能因為自己的喜好而剝奪抽菸者的權利、開車族的權利、托拉斯的權利。

那麼你能做得到嗎？與你家後院的毒蛇和平共處？

我不要求你要喜歡同性戀、雙性戀與跨性別者，你可以繼續恐同，我也要捍衛你恐同的權利，因為那是你的自由意志、你的自主選擇。那麼你可以同樣的寬容嗎？

你也有同性戀朋友，你也尊重他們；但是他們不配成家，我納的稅也不想養他們……這不叫做尊重，只不過是用嘴巴上的便宜來掩飾你內心的歧視。

你當然可以歧視，這是你的權利（我有時候也會很沒有同理心地歧視某些人，這很正常，這不是什麼滔天大罪），但你不能為了滿足你的歧視，而反對他們和你擁有相同的權益。

我再說一次，我不要你喜歡同性戀，我只要你做一個公民，發自內心去尊重你討厭的人、那些跟你呼吸相同的空氣的人，讓他們也能擁有你早已擁有的權利。

蘇菲的選擇

在《霍爾的移動城堡》當中，故事的女主角蘇菲在劇情一開始沒多久，就被荒野女巫的魔法變成了老婆婆。

變成了老婆婆的蘇菲，完全沒有坐在原地大哭三天三夜或是自暴自棄變成廢人，她異常冷靜地回到家裡收拾簡單的行李，沒有跟任何人告別；低調地離開了她生活與工作一輩子的帽子店，離開了大城市，到了城市邊緣的荒原上獨自生活。

在我看來，蘇菲接受自己的老人外貌的過程，平靜快速地像是她好像已經為了這一天的來到等待了許久一樣。

這裡是我一直想不太懂的地方。

而這個變成老婆婆的咒語，則有幾次出現了失靈的現象。

第一次是蘇菲拗不過霍爾的撒嬌與苦苦哀求，假扮成霍爾的媽媽，到王國首都的宮殿裡去見霍爾的老師、法力高強的莎莉曼夫人。面對莎莉曼夫人咄咄逼人的質問，蘇菲不但沒有害怕，反而充滿信心地告訴夫人，霍爾不是一個膽小懦弱的魔法師，她相信霍爾能夠對抗自己的心魔，變成偉大的魔法師。在那一瞬間，為了心愛的男孩神采飛揚的蘇菲，回復成了少女，直到夫人一句話酸她不像是霍爾的媽媽、倒像是情人，一時被酸、又羞又驚的蘇菲瞬間回到了老太太的外貌。

第二次是霍爾帶蘇菲到自己幼時學習魔法的小屋，對她許下承諾，這時的蘇菲又再度恢復了少女的神態；但是在下一瞬間，不知或許是自慚形穢又或是卻步了，蘇菲「選擇」了再度變回老太太。

後來當戰火逼近了移動城堡變成的房屋，霍爾則遠去察看戰場，下定決心保護這個家的蘇菲，「選擇」了變回少女。而且這一次，她再也沒有變回去。甚至到了後來，當她為了與卡西法締結契約，將身上的一部分——頭髮——給卡西法吃掉的時候，短髮的蘇菲比起過去長髮結辮的她，變得更年輕了。

我注意到了兩件事：第一、過去的蘇菲對於自己變成老婆婆的外貌適應地非常快；第二、蘇菲可以自己「選擇」變成少女或是回到老婆婆的樣子。

所以我猜想，荒野女巫對蘇菲所下的咒語，與其說是把她變成老婆婆，不如更精準地說是：「把她的外貌變成與實際心理年齡相襯的樣子。」

被下咒以前的蘇菲，用最簡單的話說簡直就是一個女版魯蛇。在過世父親留下的帽子店工作，每天過著重複的生活，個性內向不愛與人交談，生活中沒有任何的熱情，甚至跟家人的關係也很冷淡。這樣的蘇菲，內心根本就是一片荒蕪，也難怪她的心理年齡根本就是老人（想想很多老人都是早上起來就坐在同一個地方打瞌睡直到一天結束）。

直到她進入了移動城堡，遇見了天菜魔法師霍爾與其他共同生活的夥伴：一支竹竿稻草人、一個裝老人的小孩、一團火……（嗯這到底是什麼奇怪的團體……沒關係不重要），蘇菲一片荒蕪的內心終於開始轉變。

有生以來第一次，蘇菲有了心愛的人，有了禍福與共的夥伴，有了一個讓自己有歸屬的家，有了必須用生命保護的事物。

這也是第一次，蘇菲學習到了愛、學到了信任；感受被認同、感受歸屬、感受到人與人的羈絆。學到了承擔的重量，學會犧牲與付出，那是與愛同等的沉重代價。

這樣的轉變，讓蘇菲從魯蛇變成了現充，也讓蘇菲從一個沒有感受、沒有熱情的老人，變成一個勇敢去愛、勇敢去付出、甚至不惜犧牲一切也要守護心愛的事物的少女。

因為愛與勇敢、承擔與守護，蘇菲「選擇」了成為一個真正的少女。

我發現在宮崎駿的動畫裡面，常常有這樣的劇情設定：魔法的咒語加諸在某人身上的時候，往往是非自願的，但是能夠解開咒語的方法，卻是「個人選擇」。

在《神隱少女》當中，被湯婆婆寵溺過頭的小少爺，意外被錢婆婆用魔法變成一隻胖老鼠。因為被變成了老鼠，小少爺敢勇於踏出湯婆婆為他建造的華麗嬰兒房，出去探索那個被湯婆婆灌輸充滿了細菌、又髒又危險的外在世界。後來錢婆婆跟他說，其實咒語早就已經失效了，他想要的話，隨時可以變回來。他自己知道，但是他想繼續保留老鼠的外型一陣子，直到回到了湯屋才變回來。

在《紅豬》中，波魯克用咒語讓自己變成一隻豬，而解開咒語的方式，表面上是一個真愛之吻，實際上是波魯克自己決定放下過去糾結的苦戀、放下對已逝好友的虧欠，真心迎向一段真感情。

而魔法的無效，更是由人的意志來決定的。千尋的父母被變成了豬，但是千尋想要記得父母，她便永遠能認出父母。白龍記起了自己的名字，決定切斷與湯婆婆的師徒契約關係，一旦他下定決心，契約就失效了。

更有甚者，在《天空之城》裡，悉達與巴魯決定不要再讓拉普他的高度科技被野心分子利用，於是他們做了最深切的覺悟，用咒語「巴魯斯」毀滅了一切（也順便毀了推特）。

最後，在《魔女宅急便》中，繼承了魔法血統的琪琪因為情感的彆扭與內心的疑惑而失去了魔法，這使她重新思考魔法對她的意義究竟是什麼。最終她理解了需要魔法的理由：為了所愛的人、所必須守護的事物，她終於有所覺悟，而召喚回原本失去的魔法。

魔法，或者說，宮崎駿世界裡的魔法，是剛開始發動的時候不會如你的願；但是最後要解開還是要恢復，都是你自己可以決定的。只要你有決心與覺悟。

這讓我想到了編劇理論裡最常提到的「英雄旅程」。在每一個英雄旅程的故事中，英雄所遇見的召喚，通常是無預警的、違反其意志的，而通常在典型的英雄旅程中，英雄第一次會拒絕接受召喚，直到他理解了召喚與他生命課題的相關性與重要性，他就會接受召喚踏上旅程。最經典的例子就是托爾金的《哈比人》當中，比爾博接受甘道夫與矮人族的邀請，離開夏爾加入他們的探險隊伍的故事。

不過，我覺得英雄旅程的故事是一種事後的記述，它隱隱然讓我們覺得，英雄注定就是會成為英雄，好像每個成功人士自傳一樣。

恰好相反的是，英雄召喚本來就會發生在每個人身上，正因為它是無預警的、違反個人意願的，所以絕大多數的人都會逃避召喚，選擇轉身逃走；只有那些留下來的、勇於承擔的人，成為了英雄。

不是召喚（挑戰）找上英雄，而是選擇回應召喚（挑戰）的人成為英雄。

所以，英雄召喚也好，魔法也好，從頭到尾，造成改變的都是個人選擇。選擇的背後，是決定承擔的覺悟與決心。

二〇一九年過去了。這一年，是我出生到現在，覺得最不真實的一年。

更準確地說，我覺得我，還有跟我一起身處在同溫層的人們來說，是在二〇一八年十一月二十四日大選的當天，被下了可怕的咒語。

那種不真實又詭異的感受，來自於我過去從小到大所想像的，那個由兩千萬個我所不認識的陌生人構成的一個模糊的集合體，一瞬間變成了我完全不認識的模樣。

表面上這個世界一切如常，但是我知道很多人與人互相信任的部分、那些不須明說只靠互信與默契就能運作的規則、基準，一瞬間都重新改寫了。

那些我們賴以想像他者的媒介，透過大數據的運算與安排，建構了一個我們一廂情願想要的世界，而不是真實世界。是以當真實世界透過一次集體性的表態呈現出來時，那之間的急遽落差足以讓我們一直信仰的世界一夕崩解。

我突然有種錯覺，我們好像活在一個濾鏡一般的魔咒裡；同時，我們覺得那些不可溝通的、遙遠的另一側的人們，也活在一個自欺欺人的魔咒裡。

我感到困惑，當我們盡情笑罵那些只接觸某些特定媒體、只相信某些傳聞、沒有事實查證的能力，甚至只是一廂情願地相信漏洞百出近乎狂想的政見——那些人根本就像是信了邪教一樣地著了魔的同時——我又如何確定，我不是也活在一個美麗而虛假的泡泡裡？

這個咒語讓我們焦慮，甚至影響了我們的日常生活。我必須承認很多事情我不再像過去那樣有把握，對這個國家的多數人我更覺得陌生而不信任。

在更多時候，每天在日常生活中會有短暫接觸的人們：買東西的店員、小吃店的老闆、開公車的司機、大樓的警衛、合作單位的職員……我不得不猜想，在他們親切的點頭示意、和善的笑臉背後，他可能是堅定支持某候選人的選民，他是某特定媒體的忠實觀眾，他對某個政黨抱持怨恨，他鄙視女性領袖，他對於同婚、勞權、核電的態度都跟我恰恰相反；甚至，他寧可為了自己的蠅頭小利，而樂於出賣這個國家大多數年輕人的前途。

對於必須猜測對方的立場叫我不安。比起來，那些在臉書上大聲表態，與我站在同一個陣營，而我甚至從來沒有見過面的臉友，反而還要來得值得信賴的多。

而這樣的狀況絕對是不正常的。即便我沒有辦法精準地定義什麼叫做正常。

無論如何，二〇一九就這樣過去了。但是就如同越過新的一年，體脂肪與造的口業並不會歸零重新計算一樣，這個奇異的魔咒並不會在跨過年關時消失，我甚至覺得，就算是在一月十一日大選後，即便我們暫時保住了國家，這個魔咒也不會消失。

所以我們必須從宮崎駿的作品裡面，重新溫習消除咒語的條件。

被下咒語，通常是無預警而且違反我們的意願；可是解開咒語的方法，卻是來自我們的個人選擇。當我們「願意」，當我們有相對的覺悟與決心時，才有解開咒語的機會。

不管是蘇菲變成老婆婆，又或是琪琪失去了魔法，這些外在的轉變，往往反映的是內心的矛盾、質疑，又或是失去信仰與熱情的荒蕪。

所以我必須說，解開咒語的第一件事，是好好照顧自己的身心。畢竟，沒有足夠強大的心理素質，沒有辦法面對魔法的封印。

我們或許都需要的是，找一段時間好好與自己相處，學習不與自己爭辯，學習擁抱自己的內心裡那些被深深傷害、被背叛，而始終把自己關在塔裡哭泣的那個人，不管他是小王子還是長髮公主。

第二件事，我覺得也是至關重要的關鍵：學習重新去相信人，尤其是身邊重要的人。

在這裡我們必須去釐清一件重要的事：我們究竟在對抗的是什麼？而我們想要守護的又是什麼呢？

那些我們想像中與我們意見完全相反的人，他們想要守護的又是什麼呢？他們抗拒的是什麼？為什麼他們如此抗拒？

這些年我緩慢學習到，一個張牙舞爪暴怒的人，一定有他想要小心翼翼保護的事物；一個習慣酸言酸語的人，有一個膽小又希望他人能看見的心願，一個情緒激動的人，有他在意而切中生命議題的痛點；而一個冷漠的人，有一段習慣性受創而不願再重蹈的歷史。

所有事物的本質，總是遠比表象來得複雜。在人的世界尤其如此。

而眾多的人所構成的事物，好比政治，則是複雜的多維次方。

所以這一切將會非常辛苦。我沒有辦法矇著良心騙你說只要有心一切將會迎刃而解。

但是我可以告訴你，只要有心，事情會慢慢地好轉。

就像很多人，他們都在去年受了傷，但是他們沒有放棄，用自己的方法，努力去瞭解對面陣營的人。有人用他的專長，去改良議題澄清的工具、改進溝通的效率；有人用他的專長，在公共領域去制度化杜絕足以威脅國家的危機；有人用他的專長，讓大家放鬆心情；有人用他的專長來撫慰每個受傷的心。

在我敲著鍵盤的當下，窗外天色慢慢翻出魚肚白，我們正在迎接二〇二〇年的第一個日出。在幾個小時前，我們的兄弟之城，鎮暴警察在跨年的七分鐘後射出了二十年代這個decade的第一顆催淚彈。

我沒有辦法告訴你，當你醒來後，一切就會不一樣了。那樣什麼都不做被動地等待世界會變好的事情，不可能發生在我們這個外有強敵侵門踏戶、內有家賊防不勝防的危機小國身上。

永遠要記住，能夠解除魔咒的，就只有當你「願意」，當你有值得信仰的價值、值得守護的事物、一個心靈的歸屬、一個在各種意義上的「家」——那麼，這些就值得你付出一切來爭取、突破困境的覺悟與決心。

當你覺得困惑的時候，不要忘了，好好看著意若思鏡，擁有力量的魔法石，一直在你的口袋裡。

後記

上一次寫謝辭是博論完成時，我洋洋灑灑寫了四頁，雖然可能除了指導教授沒幾個人讀過。這一次的出版，是真的會面對群眾，我希望我的誠摯謝意，可以傳到每位讀者心中。感謝您購買了這本書，在這個出版品經營異常艱辛的年代，您的購買可以支持一個吃土的創作者有微薄的希望繼續堅持在創作之路上，為微弱的星火添補柴薪。

這本書的完成，首先要謝謝時報文化出版公司的總編輯文娟與副主編宏霖，謝謝你們在人海中找到我，並且信任我，願意讓出版社擔著搞不好會虧本的風險出我寫的書（笑）。寫寫文章這件事說起來人人都會，但是能出書當作家，這可不是說說而已。你們的邀約讓原本對自己充滿懷疑的我，真的獲得了一個來自出版專業人士的肯定。而你們一定無法想像，這樣的肯定對於不久前才處於人生低谷的我，其意義遠甚於一紙合約。

嘴裡倔強地說著只愛無用的事物、不想當個有用的人的我，其實內心裡還是害怕自己真的就是一個沒有價值的廢物。對於自己半信半疑的才華能夠得到很實際的肯定，不是善意的鼓勵或安慰的話語，而是一個具體的商業出版投資，讓我從非常物質而實存的層次，深深感覺到，自己徬徨而苦悶的存在，還是有價值的。

謝謝文娟，你每次都用很溫柔的笑容讓我安心；謝謝你試圖找到讓我覺得安適舒服的方式來展開我的寫作之路；謝謝你在我跟宏霖常常因為太開心就會天馬行空的時候不會干預而是用溫柔的方式把我們拉回來。有你在我就會很放心，許多想法有你的覆議或是肯定就會讓我很踏實；你每一次提出你的concern的時候我會在心中很明確地知道，你的擔憂多是出於想要保護我的心理。這讓我覺得自己被照看、被眷顧了，那是你獨有的溫柔守護。

謝謝宏霖，從我第一次遇見你，我始終感覺我們好像是多年老友，或是前世家人。我們從一開始就好合拍，完全懂對方的想法，而且總有講不完的話。而且我好高興我的第一本書的編輯是你，因為你說我是你主動想要邀約編書的人，所以你是真的喜歡我的創作，也因此我的文字對你來說不是一個例行工作。在一起討論時我都能感受到你對這本書的熱愛與認真，這讓我確信我們是堅實的夥伴，這是我們一起完成的創作。在創作的路上可以遇見志同道合又真誠的夥伴是多麼難得，士為知己者死，約莫就是這樣的道理。

這本書在上市之前，也得到了許多文壇前輩與創作先進們的推薦導讀，推薦人在字裡行間的真摯情感，尤其令我動容。

謝謝蔡媽媽、廖老師，您的雙重身分讓我們的關係特別有趣。您見過高中時期少不更事的我，也在我逐漸成熟之後時常給予鼓勵。您從來沒有長輩的架子，而更多是把我當成公領域的一份子，與我一起討論時事，主動分享我的貼文。當初向您詢問是否有機會請您寫推薦序文時，您一句「義不容辭」充滿了俠女風範，也讓初出茅蘆的我頓時安了心；後來拜讀推薦序時文字依然充滿真誠，但也太真誠居然就這樣把我的高中時期渾名給洩底啦！（哎呀我苦心經營多年的形象啊！XD）正是這樣的誠實與爽朗讓我明白您的心中從來不在意世俗的輩分、排名，總是秉持著誠意與初心來認真對待人與事，始終令我感動。

謝謝文玲，我的人生口委。你說推薦序是「售後服務」，那這個售後服務真的是長達二十四年的堅強保固，各方面來說我都是賺到啦！你一路看著我走上講台、看著我論文卡關、看著我感情危機、看著我求職不順……那些歷程都化為書裡的文字，也因此你的名字在書裡總是反覆出現，你就知道你對我到底有多重要。這本書某種程度上是一種苦難的終結，但也可能是下一階段苦惱的序曲，所以你別想逃喔！售後服務搞不好還要延長保固呢！XD

謝謝曉樂，你的推薦序文每一句話都直指我的心，讓我每一句話都想quote

起來，大喊：「對！我也是這樣想的！」而深深打進我心裡的，除了貧窮童年所帶來的非自發性敏感早熟，就屬「孤獨的證明題」，而我也逐漸摸索出我的題目：「我的學養也沒有不見，只是沒有成為這個社會判定有用的形狀。」但大聲說出這句話的我覺得自己很棒！謝謝你！再度穿越平流層的孤獨與我擊掌（手比愛心）、（是要擊幾次）。

謝謝曉唯，我跟編輯一收到你的推薦文我們就一起大叫，因為，在封面的插畫上，畫面右邊的最終點，就是一個指著方向的嚮導者！而我們當然可以確定你沒有偷看過封面（除非你有天眼通，哈），所以只能說那就是一種心有靈犀的超自然感應啊！謝謝你敏銳的直覺，還有點題的文案（好多句我們都覺得超適合quote當銷售文案金句），那是你看進事物內裡的獨特insight，太厲害了！

謝謝廖瞇，你好誠實！即便一開始你問我的問題真的讓我無法招架，但還好我有鼓起勇氣問你要不要寫推薦序，我才能獲得這樣一篇好真實的序文。你在讀我，也在讀你自己；你在書寫我，也在書寫你自己。坦白說為什麼要寫臉書文、為什麼要出版？很多東西我反而是讀了你的序文我才明白的，我自己搞不好還沒想得那麼透徹；像你說的，書寫只是讓我存續的方式而已。還好有找你寫，真是太好了！

也要謝謝楊力州導演、有河書店詹正德先生、還有我的X書院戰友達達，謝謝你們誠摯的推薦，讓更多人可以有機會看見這本書。

我還要特別感謝封面插畫與設計師Croter洪添賢，謝謝你為我完成了我不可企及的夢想，透過你充滿魔法的筆觸，建構了一個過去我以為只會存在我夢裡的巨大結構。有才華的人真的是好讓人崇拜啊！而且在往復的溝通中，你總是有耐性又有誠意，在每次的修改中總會讓我又發現令人驚喜的小細節。這本書對我來說是一些經過了很多年歲的文字，我時常會擔心著，它們也許散發著魔法的發光粉末，但時間經過這麼久了，粉末會不會掉光了呢？你是那個揮動魔法棒，就重新讓所有的魔法恢復過來，甚至比過去迸發著更耀眼的光芒的那個強大的魔法師。是你，給了它生命。

我要謝謝苗，我的摯友、我的靈魂知己、我的觀音媽。謝謝你的創意，給了這本書超級有梗的書名。Croter賜給它生命的形體，而你點醒了它的靈魂。

最後，我要謝謝一直支持我走向創作之路的家人與好友。其中，我尤其要感謝的是孟勳與佑群賢伉儷，是你們的慷慨大度、是你們的善解人意，給了我一個物質上的空間、一個精神上的家、還有一個獨立的人格，讓我可以無後顧之憂地勇敢走上創作之路。何其有幸我可以在人生中結識兩位，承蒙兩位的厚愛與包容、庇護與眷顧，沒有你們，就沒有這本書。

李律，寫於十月二十九日本書付梓前

PEOPLE 0456

顯示更多

作者—李律
副主編—廖宏霖
企劃—金多誠
封面插畫及設計— Croter
版型設計—吳欣瑋、Croter
內頁排版—立全電腦印前排版有限公司

總編輯—曾文娟
董事長—趙政岷
出版者—時報文化出版企業股份有限公司
一〇八〇一九台北市和平西路三段二四〇號七樓
發行專線—（〇二）二三〇六六八四二
讀者服務專線—〇八〇〇二三一七〇五
（〇二）二三〇四七一〇三
讀者服務傳真—（〇二）二三〇四六八五八
郵撥—一九三四四七二四時報文化出版公司
信箱—一〇八九九臺北華江橋郵局第九九信箱

時報悅讀網—http://www.readingtimes.com.tw
時報文化臉書—https://www.facebook.com/readingtimes.fans
法律顧問—理律法律事務所 陳長文律師、李念祖律師
印刷—勁達印刷有限公司
初版一刷—二〇二〇年十一月二〇日
定價—新台幣三五〇元
（缺頁或破損的書，請寄回更換）

時報文化出版公司成立於一九七五年，
一九九九年股票上櫃公開發行，二〇〇八年脫離中時集團非屬旺中，
以「尊重智慧與創意的文化事業」為信念。

顯示更多/李律作. -- 初版. -- 臺北市：時報文化，
2020.11
面； 公分. -- (People ; 456)
ISBN 978-957-13-8433-7(平裝)

863.55 109016773

ISBN 978-957-13-8433-7（平裝）
Printed in Taiwan